대한창작문예대학 졸업 작품집

비포장길

시음사
시사랑음악사랑

대한창작문예대학 지도 교수 명단

김락호 지도 교수
–(사)창작문학예술인협의회 이사장
–대한창작문예대학 설립자
–시인, 소설가, 수필가, 평론가

최상근 지도 교수
–대한창작문예대학 학장
–시인
–교육학 박사, 영문학 박사

문철호 지도 교수
–대한창작문예대학
–시창작과 교수
–시인
–문학 박사

박영애 지도 교수
–대한창작문예대학
–시창작과 교수
–대한시낭송가협회 회장
–시인, 시낭송가, MC

꿈이 있는 삶은 아름답다

무엇인가 새로움을 향해 첫발을 내딛는 다는 것은 설렘과 동시에 두려움도 크다. 더욱이 늦깎이에 누군가를 지도하기 위해 배운다는 것은 큰 결심이 필요하다. 시인이라는 타이틀을 가지고 개인 저서와 여러 동인지를 출간하고 많은 독자에게 사랑을 받으면서 자기만의 색깔을 가지고 글을 쓰던 시인이 대한창작문예대학 학생으로 입학을 했다.

기존에 가지고 있던 것을 내려놓고 가장 기본적이면서 기초적인 자세로 배움을 필요로 한다는 것은 생각보다 녹록치만은 않은 일이기에 조금은 걱정이 앞서기도 했다. 하지만 그것은 기후에 불과했다. 첫 강의에서 만난 학생들의 모습은 저마다 가지고 있는 개성이 있었지만 그 뜨거운 눈빛의 열정만큼은 하나같이 뜨거웠다. 글을 잘 쓰고 싶은 열망이 담긴 눈빛과 지도자 자격증을 따서 누군가를 가르친다는 부푼 기대감을 가지고 강의를 듣는 모습은 참으로 아름다웠다.

필자는 아무리 어려운 일이라도 참고 계속하면 언젠가는 반드시 그 뜻을 이룰 수 있다는 의미를 가진 마부작침(磨斧作針) 이라는 사자성어를 좋아한다. 배움을 위해 장거리를 오고 가고 또 주에 하나씩 주제를 가지고 작품을 써야 하는 어려움도 있었지만 그 모든 과정을 성실하게 수행해 졸업을 하게 된 대한창작문예대학 제7기 졸업생들에게 아낌없는 박수를 보내면서 반드시 이루고자 하는 뜻이 결실을 맺으리라고 본다. 나이와 직함에 상관없이 같은 자리에서 함께 꿈을 향해 달려가는 제7기 창작문예대학 21명의 졸업생의 앞날이 더욱 번창하고 멋진 문예창작지도자로서 길을 갈 때 그 역할을 잘 감당하길 바라면서 응원한다. 함께 지도해주신 김락호 교수님, 최상근 교수님, 문철호 교수님께 깊은 감사의 마음을 전한다.

한 권의 책에서 하나의 주제로 21인의 서로 다른 색의 창작기법을 엿볼 수 있는 '비포장길' 공동 시집 출간을 축하하며 많은 독자에게 사랑받기를 바란다.

대한창작문예대학 지도 교수 **박영애**

▶창작문예대학 제7기 2강의실 기념사진

▶김락호 지도 교수 강의 (2강의실)

▶졸업 작품 경연대회 (야외수업)

▶김락호 지도 교수 강의 (1강의실)

▶박영애 지도 교수 강의 (2강의실)

▶김기월, 조미경, 최윤희, 김정희

▶김성수, 조정덕, 이은석

▶이서연, 조미경, 최윤희, 박영애

▶장화순, 박미향, 신영희

▶최원종, 한기봉, 류동열, 박희홍

▶최원종, 박영애, 한기봉, 류동열, 박희홍

▶석옥자, 최명자, 김소미, 김선목

* 목차 *

시인 **김기월**

강원도 홍천 출생
서울 성북구 거주

대한문학세계 시 부문 등단
(사)창작문학예술인협의회 정회원
대한문인협회 서울인천지회 정회원

2016년 8월 현대 시 백 주년 기념행사 시화전 선정
2016년 9월 경기도 양평역 시 "양평역" 시화 개시
2016년 10월 인천시청역 사내 시
　　　" 바람도 잠이 든 시간 "공모 당선 시화 개시
2016년 대한시낭송가협회 시낭송가 5기 졸업
2017년 명인명시 "특선시인선" 선정
2017년 특별 초대 시인 시화전 선정
2017년 대한창작문예대학 제7기 졸업
2017년 대한창작문예대학 졸업 작품 경연대회 동상 입상
2017년 문예창작지도자 자격 취득

출생증명서

김기월

끝없는 어둠 속 한 줄기 빛
몸속으로 들어온 뜨거운 불꽃
고독의 언어들로 접속하고

가슴 시리도록 아름다운 시를 잉태하여
들숨 날숨으로 혼미해진 언어로 산고를 치르고
아침의 희망으로 탯줄을 자른다.

비릿한 양수 속에서 들려오는 비명
뼈를 녹여 몸 밖으로 밀어내
시의 뜨락에서 만나는 파릇파릇한 새싹이다.

오월

김기월

내 기억 속의 이름이
발자국처럼 따르다
구부정하게 앉아있는
어깨 위 햇살로 내리다가
속눈썹 위로 내려앉아 무겁다.

정류장 의자 한쪽으로 내리쬐는 봄 햇살보다
신음처럼 내뱉은 그리움 메아리 되어
기억의 흔적이 나를 잠식하고
봄 저편 기억들이
햇살 아래 부서져 널려있다.

고장 난 심장

김기월

갑자기 발작을 일으키듯 가다 멈추기를 반복하고
심장 가운데 박힌 초침이 늘어진다.

삐딱하게 오른쪽으로 가다
다시 왼쪽으로 미친 듯이 돈다.

빡빡하게 감겼던 태엽이 후루룩 풀려서
털털거리고 머리가 흔들린다.

진실과는 멀어진 불신의 늪
자전과 공전이 멈춘 듯 어둠 속에 휩싸이고

뼈가 녹는 아픔처럼
내일로 가는 세상은 없다고

나사 풀린 시계가
둔탁하게 돌아가다 시간을 삼켜버렸다.

창경궁

김기월

어느 해던가 아버지 내 손 꼭 잡고
서울 구경시켜준다고 나선길
처음 보던 창경궁 동물원

사자도 호랑이도
거대한 코끼리 신기해서
놀란 눈으로 동물원을 구경했었지

동물도 꽃들도 많고
사람도 많아 사람 멀미하던
내 손에 들려있던 사이다

꽃피는 봄
똑같은 5월 하늘인데
그때처럼 지천으로 널린 꽃들과 꽃향기는 그대로인데

아버지도 동물들도 없는 창경궁에
추억이 냉큼 따라와 자리 잡고
솜처럼 하얗게 날리고 있다.

봄을 만나다

김기월

연 풀빛 수채화 물감을 풀어 놓은 듯
나릿물에 풀빛 물결이 출렁이고
아무도 없는 틈 바람이 큰 돌에 앉는다.

금빛 햇살 꽃가람에 윤슬 되어 자맥질하고
버들치 놀라 펄쩍 나르샤 소리에
화들짝 놀란 봄이 까르르 웃는다.

겨우내 꽁꽁 얼었던 문경새재 골짜기에
물비늘 물가에 금빛을 풀어놓고
숨어있던 버들치들이 돌 틈으로 고개 내밀면
봄이 찾아와 함께 숨바꼭질한다.

큰 돌 위에 앉아 졸고 있는 내게 바람이
봄의 은가람 속으로 들어오라고
손짓을 하는 것이 달보드레하다.

이랬다저랬다

참 이상도 하지
스트레스도 우울증도 없는데
죽고 싶다는 생각을 가끔 한다.

참 변덕도 심하지
살고도 싶고 죽고도 싶고
사랑도 하고 싶고 혼자이고도 싶고
사랑한다고 했다가 미워한다고 했다가

참 알 수 없지
꽃눈 내리는 하늘을 보고 웃다가
꽃눈 내린 땅을 보고 눈물을 떨구기도 하고

행복해! 하고 말하는 지금
이 순간 내가 서럽게 외롭다는 걸 알았다.

하얀 웃음

김기월

서산에 해가 지면
붉은 노을이 주름진 얼굴 위로 내려앉고
힘든 하루를 어깨 위에 걸친
늙은 세월이 저벅저벅 걸어온다.

날마다 누룩 꽃을 피워 목마른 삶을 적시고
동백꽃보다 더 붉은 슬픔을 감추며
양지바른 돌담길을 비틀거리며 걸어오시던
아버지의 허허로운 웃음이 심장에 박혀
울지 못하고 하얗게 웃던 어린 나

아버지와 나를 빼닮은
마당 한쪽에 보물단지처럼 가꾸던
붉은 동백과 노란 개나리는 자취를 감추고
가슴 저리도록 눈물겨운 사연들은
봄의 장송곡처럼 울려 퍼진다.

금빛 햇살 부끄러워 지상으로 내려앉아
하얗게 숨죽인 백목련의 꽃잎에
어린 나의 속울음이
하얀 웃음으로 박혀 아리다.

연정

김기월

살짝 건드리고 간 부드러운 바람에
누가 볼까 봐
수줍게 분홍빛으로 물든 얼굴

들녘으로 마실 나간 바람난 나비처럼
입술을 달싹일 때마다
진한 향기 입안 가득 번진다.

가녀린 진달래
바람에 흔들릴 때마다
능선 너머 찾아온 봄보다
먼저 너에게로 향한 마음이
첫사랑 설렘처럼 가슴에 스민다.

외눈으로 보는 세상

김기월

작은 구멍으로 보는 세상
그 세상은 어둡지만 빛나는 곳
기분 좋은 찰칵 소리와 함께
과거와 현재가 공존한다.

유리 벽이 가로막혀 있지만
한쪽 눈을 감고 외눈으로 보면
그 안에 실체가 더 커 보이는
마법의 공간에 숨어 있는 시간

셔터를 눌러댈 때마다
또 다른 내가 춤을 추고
렌즈 속으로 바라보는
세상 속의 나는 자유롭다.

인생의 봄

김기월

앙상한 나뭇가지 사이로
봄 햇살이 졸고 앉은 틈
담쟁이덩굴 담벼락에
살포시 고개 내민 연초록 잎

세찬 눈보라에도 끄떡없이
끈질긴 생명력으로 겨울을 이겨내고
반쯤 녹은 강물 위 아지랑이 피어오르듯
나른한 봄 햇살의 망중한

기다리지 않아도 봄이 오듯
힘든 세월 이겨내면
햇살처럼 포근한
따뜻한 인생의 봄도 온다.

시인 **김선목**

♣ **목차**

경기도 화성 출생 / 호는 海山
2015년 대한문학세계 시 부문 등단
(사)창작문학예술인협의회 정회원
대한문인협회 경기지회 지회장
<수상>
2015년 순우리말 글짓기 전국 공모전 은상
2015년 한국 문학 발전상 수상
2016년 현대시를 대표하는"명인명시 특선시인선" 선정
2016년 한 줄 시 짓기 전국 공모전 금상
2016년 순우리말 글짓기 전국 공모전 금상
2016년 한국문화 예술인금상
2017년 현대시를 대표하는 "명인명시 특선시인선" 선정
2017년 대한창작문예대학 졸업 작품 경연대회 은상
대한창작문예대학 제7기 졸업
문예창작지도자 자격 취득
<공저>
현대 시를 대표하는 <2016 명인명시 특선시인선>
문학이 흐르는 여울목 <움터>
대한문인협회 경기지회 동인지 <햇살 드는 창>
현대 시를 대표하는 <2017 명인명시 특선시인선>
<가곡작시>
1. 동행
2. 그리운 어머니
3. 그대가 있어 행복 합니다

사랑의 밀어

김선목

별이 빛나는 아름다운 밤하늘에
달그림자 흘러가듯
창문 너머 들려오는 구애의 속삭임은
푸른 오월의 교향곡이다.

물안개 자욱한 무대에서
테너와 바리톤의 화음이 어우러진
절절한 사랑의 노래는
수개구리가 짝을 찾는 기쁨이란다.

그리움이 쏟아지는 별빛 아래서
아름다운 사랑의 향기에 취해
개굴개굴 사랑의 밀어를 나누며
황홀한 밤을 하얗게 불사른다.

짝을 이룬 밤은 깊어 가고
밀어의 속삭임으로 사랑도 깊어 가는
개구리들의 달콤한 사랑은
으슥한 논두렁에서 새벽을 맞는다.

아련한 그리움

김선목

흰 눈이 내려 쌓인 산길에
길 잃은 발자국 하나가
하얀 꿈을 남기고
언덕배기 양지쪽으로 사라졌다.

양지바른 언덕 아래로
시냇물이 잠 깨어 졸졸 흐르고
툭툭 깨지는 언 가슴 사이로
봄의 소리가 들려온다.

눈꽃 그리워 찾아온 봄은
흥겹게 버들피리 불면서
시냇가 굽이도는 들길을 따라
붉은 꽃망울을 활짝 터트린다.

겨울은 봄 속으로
솜사탕처럼 사르르 녹고
하얀 꿈의 발자국은
푸른 꿈 찾아 모래톱을 걸어갔다.

꿈의 세계

김선목

큰 바위 얼굴도 아닌 것이
둥글납작한 점박이 얼굴을
나보란 듯이 뽐내며
시시 때때를 가리킨다.

둥근 세상 둥근 대로
모난 세상 모난 대로
마음의 중심이 흔들리지 않고
세상사를 헤쳐 가는 너.

촌각의 오차도 없고
한 치의 오류 없이
오르락내리락 돌고 돌면서
세월을 엮어가는 너.

너의 얼굴 보아야만
시작하고 마치는 일상을 그린
무형의 동그라미는
장밋빛 꿈의 세계다.

바라보는 내 모습

김선목

거울에 비친 내 얼굴 바라보며
속을 듯 바뀐 닮은꼴에서
자유로운 영혼의
본성을 찾기까지 기나긴 세월이 흘렀다.

타인이 바라보는 나의 모습은
부드러운 카리스마가 있다, 꼼꼼하다
어리석고 우유부단하다느니
보는 이의 눈과 마음에 따라
내가 아닌 또 다른 나의 허상을 만들지라도
천성은 나일 수밖에 없다.

욕심을 버리고, 자존심도 버리고
마음이 떳떳한 얼굴로
순리를 따르며 살아가는 나는
거울 속의 말 없는 네가 진실해서 좋다.

화촉의 빛

한 송이 꽃이 피기까지 몇몇 해였던가?
마음결 고운 보기만 해도 기분 좋은 딸이
화려한 꽃으로 피어나는 날이다.

두 손에 든 꽃보다 아름다운 꽃이여
너의 두 눈에 이슬이 맺혔구나!
왜 모르겠느냐
아비의 두 눈을 보아라!

어버이를 생각하며 흐르는 딸의 눈물은
보는 이의 심금을 울리기도 하고
환호로 축복하는 화촉의 빛이 되었다.

글 벗이 되리

김선목

시인다운 시인이 되고 싶은 꿈으로
창작문예대학에 입문한
7기 학우들과 만남은 행운입니다.

나만의 글 남겨온 몇 해던가
천방지축 굴리던 펜의 무게에
동병상련의 이심전심 나눔이 즐겁습니다.

동문수학하여 일취월장하는
순수하고 맑은 시심의 글쟁이 되고
글 벗으로 영원하길 희망합니다.

26

사진발

김선목

검게 타버린 얼굴의 외눈박이는
두고두고 보고 싶은 세상사를
담아내는 마술사다.

무표정하게 눈감은 마술사는
꿈쩍도 안 하건만
해맑은 얼굴들이 호들갑 떨며 모여든다.

각양각색의 표정과 배경을
한 치의 편견 없이 맞춘 초점은
일목요연한 인생사다.

예쁜 미소와 아름다운 맵시를 뽐낸
순간순간을 포착한 사진발은
영원한 추억을 남긴다.

진달래 연정

김선목

봄바람 꽃바람 바람 좋은 날
이산 저산 품을 듯이
붉은 연정이 아우성이다.

천하일색 꽃마음에 반한
열 수컷이 사모하는
연분홍 치마폭이 뜨겁다.

그리움 불사르는 열정에
메마른 가슴 터트린
진홍빛 사랑이 타오른다.

촛불의 고독

김선목

외로운 영혼이 시름에 싸인 밤
어둠을 밝혀주는 불꽃이
속상한 눈물 흘리며 애를 태운다.

그리움이 탄다!
고독을 태운다!

뒤뜰 창가에 하늘거리는
가엾은 그림자의 밤은 깊어 가고
검게 타버린 심지엔
서글픈 흔적만 졸고 있다.

별빛의 여백

김선목

아침 햇살에 실려 가며
하루하루를 숨바꼭질하는
시곗바늘은 삶의 희망입니다.

파도치는 욕망의 바다에
발자국 남기면서 분주한 손길로
희망을 낚는 세월은 인생입니다.

흘러가는 세월에 청춘은 낡고
한 살 한 살 줄어가는
나잇값은 천명입니다.

희망의 인생이 천명을 따르면
별이 빛나는 여백은
편안한 쉼터가 될 것입니다.

시인 **김성수**

충남 태안 거주
대한문학세계 시 부문 등단
(사)창작문학예술인협의회 정회원
대한문인협회 대전충청지회 정회원

대한창작문예대학 제7기 졸업
대한창작문예대학 졸업 작품 경연대회 대상
대한문인협회 좋은 시 선정

정화수

김성수

찌든 무명 치마저고리
머리에 두른
수건엔 거미줄 치워있고

구정물 마저
버릴 게 없던 시절
아궁이 앞에
엄니는 쭈그리고 앉아 계셨다.

부뚜막에 물 한 그릇
사발에 떠 놓고
빌고 빌어

고단하고 하고 한이 맺힌 가난에 설움
촛불 켜놓고 두손을 모아
지성 들여 빌다
부뚜막에 엎드려 잠든 엄니

새벽녘 추위에
아궁이 불 지피고
사발에 떠놓고 빌던 엄니

정화수 들이마시고
긴 한숨
고단한 삶에 하루를 당신은 그렇게 지내 셨습니다.

기약 없는 사랑

김성수

밤새 추웠나
어여쁜 진달래 꽃잎
하얗게 서리가 내렸네

봄 햇살에 환하게 웃는
진달래 너의 아름다움을 사랑했노라

봄바람에 꽃잎 날리며
떠나 보낸 나의 사랑

진달래 피었다 질 무렵
내 가슴은
연분홍빛으로 멍이 들었네

고장이 난 카메라

김성수

반백 년 많은 사진을 찍어 간직하고
삶에 애환을 담은 사진을 찍었던 카메라

새벽부터 밤늦도록
셔터는 쉬질 못하고
찍어 간직한 채
이제는 카메라 낡아
수리도 할 수 없는
추억 속에 골동품으로 남겨져
소중하고 귀한 명품에 카메라로 남아있다.

고장 난 카메라 수리도 할 수 없어
흔적만 남겨져 있다.

동행

김성수

모여 함께 갑시다
우리는 한배를 탄
운명의 동반자

짧은 시간이지만 폭풍처럼 쏟아지는
강의내용은 많기도 많아
머릿속에서 이리저리 맴돌고
아름다운 시어들은 어디 다 숨었는지
주섬주섬 찾다가
계면쩍은 얼굴 마주친다
마주 보는 얼굴들
근심거리 가득하다

그래도 함께할 수 있어 좋은
우리는 창작문예대학 7기
아름다운 형제들이다

여자의 마음

김성수

설레던 마음 촉촉이
젖은 눈에 당신 아름다웠었다

품에 기대어 안기던
당신 나를 바라보며
그렇게 뒤돌아서 가버렸다

품에 안기고
돌아갈 걸 왜 안겼다가 가는지
믿을 수 없는 여인의
마음이다

웅덩이 마을

김성수

두레박 웅덩이에 물을 퍼
논에 물 담아두니
개구리 밤새 울며 봄밤 새운다

논에 써레질하여 모심을 때
새참 광주리 보면 기쁘고 힘이 난다

누렁소도 쉬려고 쟁기 떼고 멍에 푸니
발걸음 가벼운가보다

물을 퍼낸 웅덩이 미꾸리 꿈틀대며
펄 속으로 들어가 숨는다

웅덩이 마을에 봄날은
분주하고 바쁘지만 즐겁고 행복한 산골 마을
가재를 잡는 아이들 소리 정겹기만 하다

모내기하는 날에는
모두 다 기쁘고 바쁘기만 하다.

아버지

김성수

생신 다음 날
잡은 손 힘없이 놓은 채
이승을 떠나가신 아버지
당신의 모습 그 숨결
그리워집니다

누가 찾아온 걸 아는지
뺨에 주르륵 흐르는 것이 땀인지 눈물인지
그 빈자리
이리도 클 줄 몰랐습니다

저도 머지않아
아버지 곁으로 가겠습니다
그때 뵙고 인사드리겠습니다

신호가 온다

김성수

나의 배꼽시계
하루도 거르지 않고
알람을 보내온다
더욱이 식사 때가 되면
어김없이 신호를 보내온다

꼬르륵꼬르륵
알람 신호를 보내온다
고장도 없는 나만의 시계
식사 시간이 다가오면
신호를 보내 준다

하루 두서너 번
알람 소리에
더욱 허기지는
나만의 배꼽시계

아픈 기억

가끔 친숙한 냄새가 나는 듯한
착각을 느낄 때마다
괴롭고 상처를 후비는 것 같아
내 삶이 고통스럽다

미웠어도 함께해야만 했었고
싫어도 함께해야만 했던 것이
고통 속에서 빠져나올 수가 없다

남겨진 소지품에서
체취가 배어 나올 때는 더욱 괴로워
홀로 있는 쓸쓸함보다
가족의 체취가 나를 더 고통스럽게 한다

보리피리

김성수

학교 갔다 오는 길 신작로에는
수많은 작은 돌멩이들의 생김새가
올망졸망한 우리만큼이나 다양하다

책을 싼 보자기 둘러멘 어깨에서
무엇이 즐거운지 깡통 필통은
요란하게 깔깔대며 재잘거린다

익어가는 보리밭에서 깜부기 핥으며
보릿대 뽑아 피리 불던 어린 시절
오월이 오면 그 시절이 그립다

시인 **김소미**

경기 부천 거주
대한문학세계 시 부문 등단
사)창작문학예술인협의회 정회원
대한문인협회 경기지회 정회원
한국문인협회 부천지부 정회원
텃밭문학회 운영위원
대한창작문예대학 7기 회장 역임
고려대학평생교육원 시 창작과정 수료
대한창작문예대학 7기 졸업
<수상>
2016 한국문학 올해의 시인상
전국 순 우리말 글짓기 대회 장려상(2014)
대한문인협회 한 줄 시 공모전 장려상(2016)
대한창작문예대학 졸업 작품 경연대회 동상
<공저>
대한문인협회 경기지회 동인지 "햇살 드는 창"
문학동인 엔솔로지
"가슴에 이는 파도" 외 다수 공저
텃밭문학회 이달의 시인 선정

향수

김소미

푸르디푸른 오월을 걸어서
먼 그곳에 가고 싶다
팝콘처럼 쏟아지는 감꽃 지는 저녁

댓돌 밑 멍석에 누어
잃어버린 유년의 별들을 찾아
하나둘 헤이고 싶다

개똥벌레 등불 아래
조약돌 구르는 시냇물 소리 들으며
깜빡 꽃잠 들어도 참 좋겠다

청청한 달빛 스러질 때까지

그 섬에서

김소미

비 개인 작은 섬 구봉도
꼭 짜면 초록 물 뚝뚝 떨어지고
햇살은 투명하고 하늘은 깊은 호수다

어느 해 이른 여름
아카시아 꽃 막 피어나고
바다는 푸른 사파이어처럼 반짝이는 날
그대 떠나갔지만
우리가 사랑했던 계절은 다시 돌아와
그 시간 속
흔적만 이곳에 고스란히 남아있다

바닷새 날아가 버린
노천카페 둥근 탁자에서
그대 웃음소리 들려온다

바람이 하얀 아카시아 꽃잎
대여섯 개 떨어뜨리고 지나간 오후
구봉도 해솔길에 노을이 내리기 시작한다

그리운 언덕

김소미

진달래 피는 봄이 오면
해 뜨고 질 때까지
골짜기 골짜기 메아리치던
그 뻐꾸기 노랫소리를
거실 창가에 앉아 듣고 있다

시간시간 어김없이 들려오는
그리운 뻐꾸기 소리에
내 마음 보리 패는 언덕으로 달려가고
은비늘 반짝이는 시냇가를 걷는다

아 지금쯤 옛 고향 앞동산 뒷동산에는
뻐꾸기들의 청아한 노랫소리 온종일 울려 퍼지겠다

추억의 눈깔사탕

금나비 나풀거리는
오월의 뜨락 벤치에 앉아
아득히 먼 그리움에 젖는다

감자꽃 질 무렵 더운 여름 아침
아버지는 중절모에 모시옷을 입으시고
서둘러 오일장에 가셨다

해는 서산으로 넘어가고
눈깔사탕 기다리다 지친
우리 육 남매는 잠이 들었다

아버지는 달과 별이 졸고 있는
늦은 밤에야 이슬 밟고 돌아오셨다

아침에 어머니가
부탁하신 성냥 두 갑이며
간 갈치 한 두름 모두 잊으시고
눈깔사탕만 주머니에서 주르르 쏟아졌다

야누스

김소미

내 안에 또 다른 내가 있다

하루에도 몇 번씩
내 안의 나와 토론하고 대립한다

오늘은 무얼 먹을 것인가
무슨 옷을 입을까
누구를 만나 어떤 얘기를 할까
수도 없이 갈등 한다

때로는
같은 얼굴 서로 다른 모습에
실망하고 상처받고
깊은 고뇌에 빠지기도 한다

햇살 빛나는 4월의 뜨락에서
부끄러운 사람은 되지 말자 다짐하며
오늘도 힘차게 발걸음 내딛는다

나의 노래

김소미

난 싱그러운 봄날이고 싶다
작은 바람에도 흔들리는 꽃잎이고 싶다
달빛 흰 깊은 밤에 꿈결 같은 사랑에 젖고 싶다

가끔 세월의 사잇길을 지나
어느 고즈넉한 강가 들꽃 향기 속에서
사랑의 고뇌로 비틀거리며 눈물짓지만
영원토록 반짝이는 별이 되고 싶은 나

문득 푸른 강물 고요히 들여다본다
강물 속에는 호수가 있고 추억이 흐르고
하얀 클로버 융단 끝없이 펼쳐진다
그리고 한 청순한 소녀가 배시시 웃고 있다

아름다운 동행

김소미

까만 밤 하얗게 지새우고
설레는 가슴 다독이며 꿈을 향해 달려간다

그곳에는
세월의 흔적을 파란 지우개로 지우고
마음은 이팔청춘인 스물한 개의 별들이
푸른 에메랄드처럼 반짝이고 있었다
시를 노래하고 사랑하는 열정은
장미보다 아름답고 리라 꽃보다 향기롭다

때로는 바람에 흔들리고
비에 젖어 멈추고 싶은 순간도 있지만
스물 한 송이로 피어나는 진한 우정과
감동의 시향이 또다시 글을 쓰게 한다

추억

김소미

계절은 가고 오고
다시 봄입니다
그대 떠나간 그 길가에
진달래 예전처럼 피었습니다

그날처럼
소소리 바람 불어오고
두견새가 날아오르고
햇살은 시리게 투명합니다

봄꽃 안개 자욱한 뜰엔
그대와의 아름답고 빛나는
추억의 파편들이
꽃비처럼 흩어집니다

그대 떠난 후 나 이렇게
우리가 함께했던
그 진달래 피는 길을 거닐며
고요히 그대 그리움에 젖습니다

끝없는 그리움

김소미

작은 들 창 가득히
별이 쏟아져 내립니다
저 은하수 강가 그 어디 메서
당신 혹 날 보고 계시나요

당신을 사랑한 것이
이토록 가슴 에이는
아픔이 될 줄 몰랐어요
달빛 시린 밤이면
당신 그리워 눈물 흘려요

꺼질 듯 꺼지지 않는
영원한 촛불 하나
내 가슴에 타고 있어요
흰 배꽃 지는 깊은 밤에도
잠들지 못하는 미련한 사랑이여

당신을 사랑했던 깃이
지울 수 없는 상흔이 될 줄은
그때는 진정 몰랐어요
봄비 오는 소리 애련한 밤
당신 보고 싶어 이렇게 서성입니다

봉숭아 믈리사랑

김소미

여름 깊은 토담 밑 울타리 아래
빨갛게 피어나는 봉숭아 바라보니
어린날 옛살비 혜윰에 눈시울 젖어드네

앞마당에 쑥부쟁이 모깃불 피워놓고
별똥별 길게 꼬리 그리며 떨어지는
그 한여름 밤이 눈에 어리네

푸른 별이 우수수 쏟아지는 밤
멍석 깔고 옹기종기 둘러앉아
손톱에 봉숭아물 들이던 그때가 그립다

지난날은 아스라이 멀어 갈 수 없건만
내 마음은 어느새 두둥실 구름 타고
그린비 그리던 옛살비 뒷마당에 머무네

봉숭아 : 봉선화 과에 속하는 한해살이풀
믈리사랑 : 추억의 순우리말
혜윰 : 생각하다
눈시울 : 눈언저리의 속눈썹이 난 곳
한여름 : 여름 중 가장 더운 시기
쑥부쟁이 : 국화과에 속하는 여러해살이 풀
멍석 : 사람들이 앉거나 곡식을 너는데 쓰는 짚으로 엮어 만든 자리
옹기종기 : 사람이 모여있는 모습
그린비 : 사랑하는 연인
뒷마당 : 집채 뒤에 마당이나 뜰

시인 **김정희**

♣ 목차

경기도 김포 출생
대한문학세계 시 부문 등단
(사)창작문학예술인협의회 정회원
(현)대한문인협회 서울인천지회장
(전)대한문인협회 상벌위원장
<수상 및 경력>
2014년 대한문화예술인금상
2014년 순우리말 경연대회 동상
        한 줄 시 경연대회 동상
2015년 올해의 시인상 수상 / 한 줄 시 경연대회 동상
2016년 창작문학예술인협의회 / 대한문인협회 특별공로상
2017년 창작문예대학 7기 졸업
2014년 ~ 2015년 특별초대 시인 시화전 참가
2016년 현대시 100주년 기념 특별초대 시화전 참가
2017년 대한창작문예대학 졸업 작품 경연대회 금상
        창작문예지도자 자격증 취득
<공저>
2015년~ 2017년 명인명시 특선시인선 3년 연속 선정
2015년 특별 초대 시화 작품집 "유화에 시의 영혼을 담다" 공저
    동인문집 " 들꽃처럼 2집 " 외 다수

벼랑 위의 온새미로 푸른 소낭구

김정희

높드리 바위 틈새에서 홀로 묵새기며
긴 겨울 비바람 눈보라에 보대껴도 봄을 기다리며
바위 옹두라지를 붙들고 뿌리 등걸을 옹골지게 지켜 냈다

눈뿌리 아득한 바다에 물굽이 솟고라치며 놀쳐도
메마른 벼랑 위에서 애오라지 해울에 목을 축이며
뙤약볕을 견디며 오롯이 서 있었다

무서리 내려 꽃이 지고 풀잎마저 시들어 누워도
온새미로 푸른빛으로 노을을 등진 채 서 있는
옹근 그 모습이 마음을 사로잡는다

한겨울 해거름 매서운 추위에 바람꽃 일어도
굽은 가지로 모지락스럽게 버티고 선
늘 푸른 소낭구의 끈질긴 삶에 가슴이 뭉클하다.

내 마음의 연둣빛 우체통

김정희

인생이란 참으로 알 수 없는 것!
언제나 따스한 봄날 같으면 좋으련만
원치 않는 회오리바람에 휩싸이거나
뜻밖의 행운도 얻게 되는 한 편의 드라마.
역동적인 모습으로 앞만 보며 질주하다가
운명의 파도에 휩싸여 주저앉아 울기도 한다.
때로는 외롭고 쓸쓸하지만
훈풍에 달콤한 사랑도 다가오는 것!
미처 발견하지 못한 뜻밖의 행운을 위한
마음의 지경을 넓히고
삶의 여백을 채우기 위해 새 붓을 든다.

어머니의 기도

김정희

가난한 살림에 다섯 남매 키우시며
깨물어 아프지 않은 손가락 없어도
병들고 못난 자식 더 아프다고 하셨다

어긋난 꿈 한탄하며 방탕하던 큰오빠를
형제들은 상처로 미워했어도
걱정으로 촛불처럼 애간장 녹이시던 어머니이셨다

하얗게 바래고 새까맣게 타는 가슴
한 맺힌 눈물 콩밭에 심으시더니
먼저 간 아들 따라 당고개 넘으셨다

불쌍히 여기라고 말씀하셔도
살아생전 용서하지 못한 가슴의 돌덩어리
이제야 내려놓는 자유를 깨달았거늘

선산 자락 언저리에 소쩍새 울어
다시 올 수 없는 봄날이 흩어져 가고
솟구치는 눈물로 목이 멘다

두견화 연정

김정희

따사로운 햇살 겨울잠 깨우고
실바람의 속삭임에 부끄러워 붉어진 얼굴
어여쁜 봄아씨 살며시 고개 돌린다

연두저고리에 다섯 폭 분홍치마 차려입고
비녀로 한껏 멋을 내더니
실바람 장단에 어화 둥실 춤사위 펼친다

풋풋하고 달보드레한 보랏빛 입맞춤
알싸함에 현기증이 난다

아름답고 슬픈 전설을 간직한 꽃잎의 노래
아리 아라리요 내 사랑 두견화야
파르르 떨리는 가슴에 꽃불이 탄다.

흑백 사진의 부활

김정희

옷매무새와 화장을 고치고
흐트러진 머리카락을 매만진 후
너의 도도한 눈앞에 섰다

홀로 떠난 여행길에서
아름다운 풍경 앞에 발길을 멈추고
삼각대 위의 너를 향해
심연의 고뇌를 감춘 채 미소 짓는다

원근의 거리와 빛의 노출을 위한 타이밍
검은 눈동자를 향한 묵언의 약속은
찰칵! 임무 완료의 불꽃이 터질 때까지
스스로 정지된 영혼 없는 피사체가 되었다

달과 해를 삼킨 잃어버린 시간은
빛바랜 사진 속 아슴아슴 피어오르는 추억으로
영사기에 걸린 흑백 필름처럼
무성 영화가 되어 은하수로 흘러간다.

인연

김정희

어디에서 어떤 삶을 살다 왔는지
나이와 삶의 모습은 다르건만
같은 꿈을 꾸는 우리의 만남은
우연일까? 필연일까?

자음 모음을 씨실과 날실 삼아
은유 비유 함축의 절제된 잣대를 들고
시를 짓는 낡은 베틀 앞에 앉은 모습이 흡사 닮았다

심금을 울리는 진솔한 언어로
마음을 감싸는 시 한 편 지을 수 있다면
밤을 새워도 좋을 주단을 짜 보자

아주 먼 훗날에도 서로를 돌아보며
한 땀 한 땀 수를 놓은 작은 손수건으로
시린 눈물을 닦아 줄 벗이 되고 싶다.

애련

김정희

산울타리 정겨운 고향 집에 와 보니
넓던 뜰이 좁게 보이고 모든 것은 낡고 허전한 채
여년 묵어 먼지 쌓인 채반에 담긴 그리움
선반에 걸터앉아 옛이야기 한다

자고 새면 농사일로 쉴 틈 없으시고
가장의 멍에가 버거우셨으련만
단 한 번도 힘들다 내색하지 않으시고
대쪽 같은 성품으로 평생을 살아가셨다

절대적 위엄의 대상이었던 호랑이 아버지가
돌멩이보다 작은 암 덩어리 하나에
모진 고초를 겪으시다가 세상 떠나시던 날
파랗던 하늘빛이 노래졌다
아직도 손때 묻은 흔적들이 남아 있거늘
손수 지으신 집이 서서히 허물어져 가도
벽에 걸린 사진 속 근엄한 표정뿐
불러도 아무런 대답이 없으시다.

나를 찾아서

김정희

사금파리로 부서져 간 시간 위를
맨발로 걸었다

찢긴 발바닥보다 먼저
시린 가슴에서 피가 흘러도
거부할 수 없는 운명 앞에
순응하며 웃어야 했다.

눈물 배인 낡은 노트의 무게만큼
인생의 고뇌를 쓸어 담고
웃고 울던 사랑과 이별이 남긴 상흔으로
가슴에는 옹이진 석화도 피었다.

냉정의 잣대를 품고 살지만
정과 눈물도 많은 여자
나를 찾아가는 삶의 여정에
또 다른 내가 마주 보며 웃고 서 있다.

인동초

김정희

발길 붙드는 향기에 가던 길 멈추고 뒤돌아보니
사철 푸른 잎으로 담장을 지키던
철삿줄 같은 덩굴의 마디에 꽃을 피우고
실바람에 간들간들 흔들리고 있다

사철 푸른 잎 피워도
제 몸 하나 지탱할 수 없어
무리 지어 얽히고설켜

남의 가지 붙들고 하늘 향해 올라간다

실바람에 흔들리는 여린 가지에
마디마다 차례로 피는 두 송이 꽃
족두리 쓰고 시집가고 싶던
전설 속 금화 은화 쌍둥이 자매의 넋인가 보다

꽃과 향기로 기쁨을 주고도
제 몸 바쳐 남의 병 고치는 명약이 되니
인고의 고통 속에 피어나는 금은화
널리 베푸는 사랑의 인연이란다.

이별의 선물

김정희

은은한 달빛 감미로운 유혹에
암술과 수술의 향기로운 정사
하얀 치맛자락 풀어 놓았다

꽃이 져야 열매 맺는 엇갈린 숙명 앞에
한 잎 남김없이 다 내려놓으려
가지마다 너울너울 손을 흔든다

사랑이 피고 지는 뜨락엔
우수수 떨어지는 하얀 배꽃이
바람에 하염없이 날리고 있다.

시인 **류동열**

대구 거주
대구영남대학교 법과대학 졸업
대구 대원새마을금고 부이사장
대구 수성구장애인협회 봉사단장
외식업

대한문학세계 시 부문 등단
대한문인협회 대구경북지회 정회원
(사)창작문학예술인협의회 정회원
대한창작문예대학 제7기 졸업
대한창작문예대학 졸업 작품 경연대회 장려상

깊어가는 봄

류동열

겨우내 앙상했던 나무에
마파람은 봄을 맞이하여
갈맷빛 숲을 만들어
새들의 놀이터가 되어주고

앞뜰에는 엄마 찾아 길 나선
노란 병아리 삐악삐악 노래하며
따뜻한 햇볕 속에 도담도담
엄마 품속을 찾아드는 봄날

온누리에 푸르름은 더해 가고
꽃들은 어린 열매를 내놓으며
길 건너 나릿물은 졸졸졸 흘러
아름다운 봄을 깊어가게 한다

밥그릇

류동열

내게는
커다란 밥그릇이 있습니다.

오랫동안 쓰던 내 밥그릇
어머니의 체취가 녹아있는
든든한 힘이 담긴 그릇입니다.

넘치는 한 그릇 밥의 일생은
오늘을 시작하며 한 그릇 내놓고
마침의 시간에 나를 기다리던
한 그릇 밥은 어머니의 마음입니다.

지금의 나를 새워준 한 그릇의 밥
수북하게 담겼던 어머니의 사랑은 가고
이제 밥그릇에는 눈물만이 가득 합니다.

사랑의 울타리

류동열

한 맺힌 가난은 큰 고통을 주었지만
마음은 희망으로 오늘을 맞이하며
가족을 포근히 안아 주셨던 아버지

한 푼 없이 달랑 몸 하나 의지하며
하늘이 축복한 가정을 지키시려고
몸부림치며 가난을 떨치려던 아버지

비어있는 곡간을 초연히 맞이하며
병고의 힘듦에도 견고한 울타리로
피고 지는 세월의 꽃을 한 아름 안고

고난의 눈물을 담담히 가슴에 담아
한 많은 삶을 살다 가신 아버지는
가족의 영원한 사랑의 울타리입니다.

아름다운 삶

류동열

내가 어려울 때
눈물 콧물이 볼을 적시고
매를 맞는 아픔과 설움 속에도
마음 편안했다.

뼈아픈 설움과 고통은 먼 훗날
촉촉한 거름이 되겠지 하는
믿음이 있었기에 그랬다.

젊었을 때의 아픔은
감사함을 배웠고
뒤돌아보며 나눌 수 있는
깨우침을 얻었다.

이제는
지친 이웃에게 손을 내밀어
함께 아파하고 사랑을 나누며
한발, 한발 앞으로 걸어가는
나를 본다.

자연의 순리

류동열

겨울에 숨을 멈춘 대지
봄날 따뜻함에 가슴을 열어
기지개를 켭니다.

봄비 듬뿍 머금은
큰 숨을 사랑에 실어
새싹을 내놓으며
대지는 세상을 열고
생과 사를 맞이합니다.

날이 다하고
한 삶을 멈춘 생명은
대지의 품 안에
자연으로 돌아갑니다.

어머니의 빈자리

류동열

아직도, 새색시 적에 내 어머니!

아버지 일찍 우리 가족을 떠나 셔서
뒷산에 자리 마련해 드리고 오시며
볼에 흐르는 눈물은 땅을 적시고

아버지 가실 적에 말씀 한마디
아이들 잘 키워 달라는 애원은
어머니의 심장을 멈추게 합니다.

수많은 시간을 홀로 맞이하며
두려움과 서러움을 한 아름 안고
인고의 삶을 맞이하신 어머니!

당신께서 머물고 간 자리는 지금도
눈물 자국이 그대로 남아 온기 가득 한데
당신께서 계시질 않으니 눈물이 앞을 가리고

몸은 뭉그러지고, 부서져 흙이 되고
모래가 되는 자연으로 돌아가셨지만
그 사랑은 오늘도 함께 계심을 압니다.

험난한 삶에 별이 되어 주신 어머니!
자식을 위한 한 줌, 한 줌 내놓은 생이
헌신과 희생의 여정이었음을

많은 시간이 지난 지금에
제 가슴이 아리고 작아지며
뜨겁게 느껴짐은 무엇인지요,

오늘은 하늘에 계시기에
뵈올 수 없지만, 제 마음은 항상
어머니 곁에 있겠습니다.

어머니, 사랑합니다.

진달래의 혼

류동열

진달래는,
민족의 애환이 가득 녹아 있고
선인들의 피와 땀의 노고를
한 몸으로 지켜본 꽃입니다.

진달래는,
먹거리가 부족할 때,

허기진 배를 채우기 위해
입술이 핏빛이 되도록 따먹은,
내 모습을 어머니께서 보시고
눈물을 흘리게 했던 꽃입니다.

한 떨기 진달래!
한라에서 백두까지 꽃길이 되어
조국에 평화가 오는 그날까지,
함께 손 잡고 한마음 나누며
대한이 하나 되길 소원합니다.

첫사랑의

류동열

내 가슴 한구석에는
꺼지지 않는 불이 있다.

젊은 날 첫사랑의 불꽃은
강산이 몇 번이나 바뀐 지금도
빛이 되어 살아있다.

만남은 길을 잃고 방황하며
이별을 맞이했던 아픔 속에

가시덤불의 늪에서 헤어나질 못하고
끝내 피우지 못한 씨앗이 되었지만

지난 청춘의 아픔들 하나하나에는
부족함을 채우는 밑거름이 되었고
거듭나는 계기가 되어 오늘 여기 있다.

촛불이 왜

류동열

제 한 몸 죽이며
빛을 내는 촛불

바람이 스치며
불 심이 한없이 작아짐은

때로는 자신을 낮추는
겸손함을 가지라는 것입니다.

오늘이 힘이 들어 깜박이며
뜨거운 눈물을 내놓음은

오늘의 아픔을
기억하란 것이고요.

불심이 힘을 내어
넓게 밝힘을 줄 때는

한 몸 내놓아, 큰 일꾼이 되어
세상을 밝히는, 사람이 되란 것입니다

시인 **박미향**

♣ 목차

대한문학세계 시 부문 등단
대한문인협회 경기지회 정회원
(사)창작문학예술인협의회 정회원
대한창작문예대학 제7기 졸업

<수상>
대한문인협회 한국문학공로상(2012)
특별 초대 시화전 선정(2013)
대한문인협회 한국문학 올해의 작가상(2013)
대한문인협회 한국문학예술인 금상(2015)
대한문인협회 한국문학발전상(2016)
대한창작문예대학 졸업 작품 경연대회 장려상(2017)
<저서>
시집 "산 그림자"
<공저>
2016 명인명시 특선시인선
대한문인협회 경기지회 동인지 "햇살 드는 창"

이팝나무 꽃

박미향

주먹밥 얹어 놓은 듯
수북하게 피어나는 하얀 꽃
쌀밥을 닮아서 좋아했던 꽃

장미의 화려함과는 달리
눈으로 보기만 해도
배부름을 채워주던 꽃

오월이면 찾아와 피는 꽃
어릴 적 아버지의 밥상이 떠올라
어머니가 지어주는 쌀밥이 먹고 싶다

청산도

박미향

새벽을 잃은 아이처럼 달리는 버스
부둣가 뱃머리에 콧노래가 정겹다

수평선 멀리 출렁이는 유혹의 바다
그림처럼 아름다운 부둣가의 행복
수많은 사람의 발자국이 서편제 범바위에 머문다

그리움으로 물들인 옛것의 소중함
소리로만 느끼던 소리꾼의 청보리밭
서편제 정겨운 가락에 덩실덩실
어깨춤이 절로 난다

어화둥둥 내 사랑아, 어화둥둥 내 사랑아
주막에 걸터앉아 구수한 막걸리 한 사발 목축이며
서편제 잊을 수 없는 흔적의 발자취
마음속에 담아둔다

아버지 고향

박미향

북녘 하늘 쳐다보며 그리운 마음
당신 생각에 눈시울 적셔본다

바람결에 고향 소식 날아오면
사립문에 기대어 하루가 저문다

한평생 물지게 한번 안 지시고
하얀 그리움 쫓아다니셨던 날들

고향 가실 생각에 기다린 세월이 수십 년
꿈도 이루지 못하고 멀리 떠나신 당신

당신 떠나온 북녘 하늘엔
나무 한 점 없이 휑한 바람만 부네

선거 날

박미향

밀물과 썰물의 교차
한표 한표가 중요한 시점
정해진 기호에 빨간 도장을 찍는다
부지런하게 움직이는 마음들
안절부절 갈피를 잡지 못하는 정치
당당하게 주장하는 권리 행사
모든 국민이 한마음 되는 순간 누구를 선택할까
밤새 술렁이는 바람처럼
당선의 기쁨보다 탈락의 슬픔을 위로하자
패배를 인정하며 승리의 기쁨에 손뼉 쳐주는
행복한 미래로 전진하며 뒷걸음칠 줄 모르고 앞으로만 도는 시곗바늘
후회 없는 나라로 발돋움하길 바란다

양면성

박미향

새싹이 돋아 시간이 갈수록 시들어가듯이
계절의 흐름을 바꿀 수 없다

사랑을 만들어 가며 꾸미는 삶
나이 들어가며 이성을 알게 되니
이별이란 단어에 떨어지는 낙엽이 되었다

만나고 헤어짐이 연극처럼
세상 속에 끼어든 사랑의 보자기에 담았다
다시 이별의 보자기에 싸서
흔들리는 바람 속에 날려 버렸다

행복으로 만난 뒤 이별의 슬픔이 다가와
벼랑 끝에 허우적대는 난
선과 악의 두 마음이 돌고 돈다

자화상

박미향

나는 나를 어떻게 표현해야 하나

살아가는 방법은 모두 다르겠지만
나만의 삶의 방식을 가져가는 시간
나는 늘 외로운 것 같으면서도 즐겁다

나는 내가 좋아하는 산과 시가 있어 행복하다

산과 시가 어울리는 나를 찾아
향기를 뿜어내는 나날들
보듬어주며 채워가는 사랑을 하자

동행

박미향

문학이란 테두리에 그림을 그린다
같은 길에 한 줄로 가는 평행선
우린 하나가 되는 과정이다

이쁜 꽃으로 피고 싶은 욕심 가득 채워
눈망울 초롱초롱 굴려보자
한 자 한 자 머리와 가슴으로 새기는
험한 길 걸어가는 동반자

세상에 나가 꽃처럼 아름답기를
바라는 마음 너와 함께 가고 싶다

진달래 화전

박미향

뒷동산에 올라 분홍의 향기 머금은 꽃잎을
소쿠리에 가득 담아 콧노래 부르며 내려온다
가마솥 뚜껑에 기름 둘러 찹쌀 반죽 올려놓고
그 위에 예쁜 꽃잎을 가만히 얹으면
꽃누르미 같은 화전이 눈과 입을 즐겁게 했다

겨우내 추위를 이겨내고 흐드러지게 핀 꽃
무슨 소식 전하려고 둥지의 새끼 새 부리처럼
삐죽 꽃잎부터 내미는가
연분홍의 진달래 붉게 타는 봄이면
어린 시절 어머니의 구수한 손맛이 그리워진다

내일

박미향

왁자지껄한 시장처럼
마음속이 복잡하고 시끄럽다
어둠을 밝힌 촛불에 가슴 시리고
세상에 귀 닫고 열변을 토하는 그들
어제와 오늘, 내일이 없는 것처럼
풍전등화 같은 날들의 끝은 어디일까

민중의 지팡이가 되겠다는 말을 믿고
우리의 마음을 모아 맡겼건만
왜 저리도 세태를 거스르며 이기적일까
우리도 저 자리에 오르면 저리될까
알 수 없는 안개의 나라에
그들의 넋두리는 언제 끝이 날까

산수유꽃 노랗게 핀 봄을 그리며
아픈 상처가 아물기를 바라는 마음
촛불이 봄꽃이 되는 날을 그리며
날마다 향기로운 꽃들이 만발한 세상
너와 내가 하나 되는 세상을 꿈꾸며
내일은 붉은 태양이 떠오르겠지

댄스

박미향

월 화 수 목 금 토 일
스크린 속으로 빠르게 스치며 지난다
너와 내가 있어 예술 같은 나날이다
의미 없이 사는 삶보다
하루하루 주어진 삶의 테두리 안에
가득 채워지는 삶의 그림을 그린다

짧은 생을 살아가지만
웃으며 살아가는 날이 얼마나 될까
난 네가 있어 요즘 사는 맛이 난다
알아주는 이 없어도
텅 빈 마음 혼자 달래며
훨훨 날갯짓하는 비상을 꿈꾼다

수없이 많은 시간의 갈림길에서
하나 둘 셋 넷 리듬을 맞추며
빙빙 돌아가는 인생을 회상하며
허공을 맴도는 환상일지라도
오늘 너와 나 추억에 젖어 스텝을 밟는다

시인 **박희홍**

♣ 목차

광주광역시 거주
대한문학세계 시 부문 등단
사)창작문학예술인협의회 정회원
대한문인협회 광주전남지회 정회원

대한창작문예대학 제7기 졸업
문예창작지도자 자격 취득
대한창작문예대학 졸업 작품 경연대회 장려상

여백

박희홍

꽃샘바람에 화가 머리끝까지 오른
솜사탕 장수 아저씨
모두 다 곤히 잠들어버린 밤에
드넓은 들판을 하얗게 덮어버렸다

가만히 보니 한 점 구멍이 있다
누가 이 꼭두새벽에
여기까지 와 오줌을 갈겼나
두리번거려 봐도 발자국이 없다

오줌 구멍이 아니었나 헛것을 봤나
멍하니 내려다보고 서 있으려니
고개를 내밀던 생쥐가 잽싸게 쏙 들어간다
아마도 생쥐 가족의 지하궁전 출입구였나 보다

대지는 굳고 단단하여 빈틈이 없는 줄 알았는데
개미구멍처럼 눈에 잘 띄지 않아서 그렇지
곳곳에 크고 작은 구멍이 널려 있다지만
그래도 내 눈에는 찹찹하게 보인다

소녀와 진달래

박희홍

구름은 하늘에 비를
새들은 숲속에 노래를
봄은 산야에 새 생명을 숨겼는데
가랑머리에 꽃을 꽂은 소녀는
내게 무엇을 숨겼을까

숲속 붉은빛 악마들의
소리 없는 들뜬 함성에
사랑의 허기를 달래려는 두견은
작은 가슴팍에 애틋한 사연을
두고두고 꺼내 보려
켜켜이 숨겨두었을까

숨고 찾으려는
술래잡기 놀이하듯
소녀는 내 가슴속에 꼬옥
숨어 있을 곳 없을까 봐
한마디 말도 없이 무작정 떠난 것일까

홀연히 내 곁을 떠나버려
노심초사하며 기다렸지만
꿈에도 나타나지 않더니
막걸리 한 잔에 딸려 온
분홍빛 진달래 화전이
왜 불현듯 그 소녀의 얼굴로 보일까

눈 감았당께

박희홍

카메라 한 대 없는
산골 마을에 영정 사진을
공짜로 찍어 주는 사진사가 왔다

어서 죽어야 헐 텐디라는
말을 입에 달고 사는
엄니
표정이 영 거시기허다

자자
엄니 카메라를 보시고
저처럼 살짝 웃어야 박습니다
누런 이를 드러내 웃는 듯하자
순간 찰칵 소리가 났다

웨 메 어째야 쓸고
나
눈 감았는디
사진사 양반
다시 하면 안 될랑가 하는 말에
주변 사람들의 웃음보가 빵 터졌다

엄니
카메라가 좋아서 으쩌꺼나 잘 나올 것잉께
쪼까 지둘러 보시랑께요 하며
진짜 카메라가 좋아서 잘 나을랑가 하는
미련 남겨둔 채 훌쩍 떠나가버린다

죽살이

박희홍

뿔난 사나운 괴물이
숨어들어와 난동을 부려도
제 몸 하나 지켜줄 힘이 없으니
엎질러진 물이다

허술하고 볼품없는 몰골에
큰 상처를 입고서
천신만고 끝에
애걸복걸 매달려 화해를 했다

다시는
어떤 괴물도 발붙이지 못하게
들볶지도 미워하지도 않고 보듬어 주며
미친 척 웃고 웃으니
신이 나서 생기가 난다

이제야
힘을 갖게 하는 마력이
웃음 끝에 간당간당 매달려 있음을 본다

죽살이: 삶과 죽음을 아울러 이르는 말(생사의 우리말/죽다 살다)

두 마음

박희홍

대낮에는 뭔 소릴 들었기에
흰소리를 늘어놓아 웃기더니
해 질 녘에는 뭔 소릴 들었기에
온천지에 살얼음을 얼게 하나
그 마음 종잡을 수 없다

큰 사고를 쳐
집안을 욕보이고 다녀도
그놈이 그럴 놈이 아니라며
제 식구 일에는 열 일 제쳐두고
앞장서 다니며 두남두기 바쁘다

이렇듯
인간 삶의 여정에서 일어나는 일이란
두 가닥이 있어야 꼬아지는 새끼줄같이
두 마음이 늘 붙어 다니며 동행한다

아침을 여는 구순한 까치

박희홍

살부침으로 만나 서로 옴살이 되어
사랑이 샘솟는 예스러운 집을 지으며
까악까악 사랑의 속삭임에
시룽새룽하다

켯속 잡기에 서투른 가시버시
일을 뒤스르며 곰비임비 하는데
헤살꾼 같은 모진 바람까지 불어
몸과 마음이 눈코 뜰 새 없다

허우룩한 마음 들지 않게
아퀴 지을 일만 남겨 놓았으니
햇덧에 깃들일 보금자리를 지어내
꽃잠을 이루고서 샛별이 떠오르면
라온 힐조를 맞이할 생각에 더없이 즐겁다

구순하다 : 사귀거나 지내는데 사이가 좋아 화목하다.
살부침 : 순수우리말로 인연을 말함. / 옴살 : 마치 하나의 몸같이 가까운 사이
예스럽다 : 옛것다운 느낌이 있다. / 시룽새룽하다 : 마음이 들떠 어수선하고 갈팡질팡하다
켯속 : 일의 갈피. 일이 되어 가는 속사정
가시버시 : '부부'를 정답게 또는 귀엽게 이르는 말(한솔, 팍내)
뒤스르다 : (일이나 물건을 가다듬느라고) 이리저리 바꾸거나 변통하다.
곰비임비 : 물건이 거듭 쌓이거나 일이 겹치는 모양.
헤살꾼 : 남의 일에 짓궂게 훼방을 놓는 사람.
허우룩한 : 마음이 매우 서운하고 허전한 모양. 마음이 텅 빈 것같이 허전하고 서운하다.
아퀴 : 일의 갈피를 잡아 마무르는 끝매듭 / 햇덧 : 해가 지는 짧은 동안.
꽃잠 : 신혼 첫날밤의 잠.
샛별 : 새벽에 동쪽 하늘에 매우 밝게 보이는 별. '금성(金星)'을 달리 이르는 말.
라온 힐조 : 즐거운 이른 아침.

큰 바위 얼굴

박희홍

삼대독자로서 듬뿍 사랑받고서도
기억하지 못하는 한 살배기 아들에게
누렇게 빛바랜 사진 한 장 달랑 남겨두고
한국전쟁으로 먼 길 떠나신 아버지

아버지에게 투정부리던 친구들을 볼 때마다
외롭고 쓸쓸하여 그리움이 사무칠 때면
요술쟁이 무지개로 살그래 웃으며 찾아온
아버지와 함께 도란도란 얘기꽃을 피웠다

일가를 이루어 살붙이가 늘었을 때
때때로 찾아와 올곧은 선장이 돼야 한다며
잘할 때는 따뜻하게 격려하고
게으름을 피우면 근엄하게 꾸짖던 아버지

뭉게구름 속에서 빨주노초파남보의
함박웃음으로 흡족히 내려다보는 얼굴
왠지 좋은 일이 생길 것 같아
더욱 그립고 보고 싶은 아버지 아버지…

그리운 자명종의 잔소리

박희홍

별들이 밤이슬 맞으며 떠난 시간까지
이불 푹 뒤집어쓰고 꾸물대는 내게
어서 일어나 씻고 밥 먹고 학교 가라
꼭두새벽 어머니보다 큰소리로 깨우니
몽롱한 정신에 부스스 일어날 수밖에 없었다

가정을 이룬 후에는 나 닮은 어린 자식들이
잠에 취해 꿈나라에서 헤어나지 못할 때
닮지 않겠다는 다짐 무색하게 너를 똑 닮아
어머니의 잔소리보다도 심하게 소리치며
뒤집어쓴 이불을 확 걷으며 요란스럽게 깨운다

넌 잠만 깨운 게 아니라 게으름 피우지 말고
자만하지 말라는 가르침을 주었다는 것을
세월이 쏜살같이 흘러 이제는 일손을 놓고
도반인 아내와 온종일 함께하며 깨닫게 됐다
요즘 너의 잔소리가 한없이 그립다

가슴앓이도 흔적이다

박희홍

보름달처럼 활짝 핀 찔레꽃
예쁜 얼굴에 상큼 발랄한 향기로
밤낮없이 눈과 마음을 홀려
발길을 붙잡아 맨다

아이처럼 방긋 웃는 찔레꽃
오래도록 함께할 줄 알았더니
그새를 참지 못하고
추레하게 시들어가 가슴 아린다

일찍 멀리 간 누이가 좋아하던
찔레꽃 하얀 향 내음
어디 흔적 남아 있으랴만
어머니 가슴에 누이가 산다

요술쟁이 같은 봄날

박희홍

봄날
꽃과 나무는 온갖 시어가 되어
산과 들을 원고지 삼아
산들바람과 함께 시를 쓴다

봄날
꽃과 나무는 온갖 물감이 되어
산과 들을 화선지 삼아
포근하고 아늑한 수채화를 그린다

봄날
꽃과 나무는 자연과 대지를
토실토실 살찌우는
고슬고슬한 요술 바람이다

시인 석옥자

♣ 목차

대구 거주
영진전문대학 사회복지학 졸업
대한문학세계 시 부문 등단
(사)창작문학예술인협의회 정회원
대한문인협회 대구경북지회 정회원
2016년 11월 금주의 시 선정
우수작 선정 / 낭송시 선정
2017 명인명시 특선시인선 선정
2016년 현대시 100주년 기념 특별초대 시화전 참가
2016년 베스트셀러 작가상
2017년 특별초대 시화전 참가
대한창작문예대학 제7기 졸업
대한창작문예대학 졸업 작품 경연대회 동상
<수상>
매일신문사 문인화 대상전 입선
한국현대미술대전 문인화 입선
대한민국미술대전 대상전 특선
<저서> 시집 "해 뜨는 태양"

동창회

석옥자

오월에 보리 향기 풍기는 내 고향
추억이 서려 있는 동무들의 손짓에
내 마음 물결처럼 설렌다.
꿈을 키우며 힘차게 뛰놀던
우리들의 학교도 물속에 잠기어
수초처럼 도란도란 정다운 동무들
눈 부신 햇살에 푸름이 익어가고.
하얀 물안개처럼 피어나는 옛 추억
시냇물 강가에 낭만이 서려 있는
산들바람 되어 옛 추억 찾아간다.

골동품을 꿈꾸는 시계

석옥자

시대의 변화로 스마트 폰이 탄생 된 후
그토록 아끼던 시계들이 폐기처분 되어
수두룩하게 수납장에서 녹슬어 잠잔다.

한때는 손목에 걸리어 쉬지 않고 열심히도
계도를 뜀박질하더니 목 잘린 얼굴처럼
생긴 시계가 눈을 감고 죽은 듯이 엉키어
재탄생 되려나 침묵만 지키고 있다.

한때는 금으로 치장해서 임 만나는 날
연신 시계를 들여다보며 반짝반짝 광택이 나니
마음도 설렘의 윤기가 흘러 지금은 스마트 폰이
시계니 길가다가도 약속 어길까 들여다본다.

이팝나무와 아버지 밥상

석옥자

보릿고개 시절 아버지 밥상이
사랑방으로 들어가면
배 아프다 핑계 대고 숟가락 놓으시며
밥상 물리라고 하실 때까지 기다렸다.

해마다 이맘때면
이팝나무에 하얗게 꽃이 피듯
아버지 하얀 밥그릇이 그립다.

놋쇠그릇에 고봉으로 담긴 추억은
노릿한 조밥 먹던 고향을 회상케 하고
입안에선 이팝나무 밥알이 나부낀다.

오월의 어린이날

오월은 연둣빛 색깔이 나뭇가지마다
이파리 나부끼는 가온길 쑥쑥 자란
내림내림 손자녀의 만남이 기쁘지요.

도담도담 한 마음 더 바랄 것 없이
늘해랑 하듯 티 없이 씩씩한 모습으로
싱그러운 숲처럼 우거지면 아름답지요.

할머니 부르면 터질 듯이 꼭 껴안고
다솜 하여 눈에 넣어도 아프지 않은
가온누리 자라는 것이 바람이지요.

가온길 : 정직하고 바른 가운데 길로 살아가라고 지은 이름
내림내림 : 여러 대를 이어 내려온 혈육
도담도담 : 별탈 없이 잘 자라는 모습
늘해랑 : 늘 해와 함께 살아가는 강한 밝고 강한 사람
가온누리 : 무슨 일이든 세상에 중심이 되어라
다솜 : 애틋한 사랑

사랑과 미움

석옥자

사랑이란 달콤한 단어는 누가 만들었을까?
사랑을 생각만 해도 내 마음속의 북소리는
가슴 벅차도록 심장을 울린다
분홍빛 사랑은 봄바람을 타고 온다
미움이란 까칠한 단어는 누가 만들었을까?

미움을 생각만 해도 내 마음속의 징소리는
가슴 미어지게 심장을 찢는다
검은빛 미움은 흘레바람 타고 온다

얼굴은 화장으로 가릴 수 있지만
마음은 어떤 것으로도 가릴 수 없어
내 가슴속 심장에서 싹트고 자라는
사랑과 미움이라는 친구와 평생을 살아간다

에세이 속의 나

석옥자

학창 시절 등굣길 그 자리에서
항상 같은 시간에 마주친 그를
그린하우스 제과점에서 만났다
오월의 장미향보다 진한 순정
샛별보다 빛나던 검은 눈동자

수줍은 듯 발그레한 낯빛으로
투명한 물컵에 검은 눈망울 모으고
쿵쾅거리는 속엣말도 못했다
탁자 위에 침묵만 무겁게 내려놓고
뒷모습 보이며 걸어 나오던 나

장미향 날리던 날 그를 다시 만났다
속엣말은 해보지도 못하고
쪽지 한 장 받아 들고 돌아서서
수줍게 펼쳐보니 손글씨 'LOVE'
지금은 책갈피 속 빛바랜 낙엽 같은 추억

함께 글밭을 가꾸며

석옥자

꽃피고 새싹이 움트는 봄날
가슴에 설렘을 오롯이 안고
글밭에 김매고 씨앗 뿌리기 위해
아름다운 꽃길 따라
희망의 터전 한밭으로 간다

마음만은 청춘인 우리는
반가운 마음으로 옹기종기 마주 앉아
호미 들고 김매며 밭을 가꾼다
손길 따라 다듬어진 글밭을 바라보며
한 줌 씨앗을 뿌린다

해 질 녘 허리를 펴고
하루의 기쁜 노동을 끝낸 우리는
뿌듯한 땀방울이 스민 글밭을 바라보며
시원한 바람에 푸른 웃음 흘린다

어머니의 화전놀이

석옥자

진달래 피던 내 고향 전통놀이
이맘때쯤 화전놀이가 열리고
고운 옷 갈아입고 분 향기 풍기며
산들바람 춤을 추는 봄.

선홍빛 갈아입은 산과 들녘
꽃술에 도취한 노랫소리 흥겹고
새록새록 잠든 아기 깨어나듯
얼었던 샛강에도 꽃피는 봄

진종일 꽃잎 따서 전을 부쳐
고픈 배를 채워 주시던
가랑잎처럼 떨어져 가신
어머니의 생각이 아련합니다.

장미

석옥자

애타게 너를 만나려
머나먼 길 수목원 언저리에
넝쿨 따라 피어난 너를 보니
내 마음도 붉게 물들었다.

붉은 열기 터트리며
오월의 여왕처럼 우아한 모습으로
정답게 줄지어 활짝 웃는 너를 보니
내 얼굴도 너를 닮아 활짝 피어난다.

붉은 연정 피어나듯 수목원
담장을 무너뜨리는 행렬에
천하일색 아름다운 미인이구나.

인생 이모작

석옥자

유년시절 부모님과 형제들을 등지고
선배 같은 동반자를 만나 인생 이모작을 시작하면서
가난을 재산으로 생각하고
반쪽이 좋아 말없이 살아온 과거는
20대의 사랑만 먹어도 배부른 삶이었죠.

30대가 되니 아이들의 돌봄 이가 되어
청춘이 낙엽 되는 줄 모르고
앞만 보고 살아온 희미한 옛 추억
그때는 황금알을 품고 삶의 무게를 이겨낼 수 있었죠.

40대가 되니 차츰 여유로움을 찾아서
사랑도 달콤했고 문화생활을 즐기며
넓은 공간에 단둘이 마주 앉아 커피잔에 추억을 마셨죠.
나이테는 여물어 가고 있지만,
내 삶의 둥지에 한 줌 햇살 내리쬐는 시 쓰는 내 방이 행복이죠.

시인 **신영희**

부산 거주
대한문학세계 시 부문 등단
(사)창작문학예술인협의회 정회원
대한문인협회 부산지회 정회원
이레산업 대표

대한창작문예대학 제7기 졸업
대한창작문예대학 졸업 작품 경연대회 장려상

2012년 한국문학정신 겨울 47호 준장원 "예방접종"
2013년 연속 2회 빛낼 특선시인선외 동인지 다수

아직. 봄이

신영희

순매원에 살 바람 일어대니
낮달이 부끄러운지
구름 뒤로 숨는다

언덕배기에 늘어선
매화의 환한 웃음소리에
상춘객들의 걸음을 멈추게 한다

정분 난 홍매화 눈짓에
못다 핀 꽃봉오리 시샘하듯
애꿎은 바람 만 날린다

철길 건너 강물에는 은빛 물결 살랑대고
저마다 새김꺼리 조잘거리나
메모장은 오늘도 허공을 휘젓고 있다.

세상을 보자

신영희

길을 걷다
우연히 마주친 전광판
미소 한번 지어 줄 여유가 없었다.

밤하늘 환하게 밝힌 횃불도
간절한 바람으로 모은 두 손도
살바람이 불어와 차츰 멀어져 간다

그대여.
언제 목련이 뽀얀 가슴을 열었는지
찔레꽃 향기가 언제 바닥에 떨어졌는지
눈앞에 아른거리는 계절을 못 느낀다면
잠시, 하늘을 보라

어제의 퇴색된 옷을 벗고
만물이 움트는 새봄의 기운 받아
희망 찬 미래 기약하며
파란 하늘 아래 살고 싶어라

진달래 꽃잎 하나

신영희

귀가 아리게
거센 바람
하얀 그리움 되어 목이 탄다

바다는 고요한데
애절한 만남 긴 세월 동안
타고 또 타다
산자락을 붉게 물들인다

꽃잎 하나 바람에 날아와
금빛 햇살에 싹 틔우고
모진 세파에
홀로 피어 애처로운 진달래꽃

꽃 무더기 끌어안은
대금산의 봄
설렘으로 다가온다

카메라

신영희

찰나의 소리
정확한 초점거리
시공을 넘나들며
영혼을 흥분시켜
세상 밖으로 밀어낸다

흑암 속에서 감정까지
피사체의 세계를 완벽하게
담아내려고
아주 짧게 찰칵하며
연출 하고 있다

글 마당

신영희

아직 글밭은 잡초가 무성한데
내려오는 눈꺼풀
눈치 없는 하품에
엉덩이는 안절부절못한다

문우들의 눈빛은
가난한 시어를 채우려고
바쁘게 무언가를 찾고 있는데
내 머릿속은 하얀 백지가 되어
한 자도 적지 못한 채 한숨만 나온다

같은 길을 걷는 문우
열정으로 잡은
붓끝의 시구들
글 마당에서 시를 일구어낸다

나의 마음 밭

신영희

냉이꽃 실바람에 살랑거리고
라일락 꽃향기 땅끝에 떨어질 때
액자 속 내 모습에 회심의 미소 짓는다

엄마 닮아가는 모습에 화들짝 놀라지만
자존감이 떨어져 흩날릴까 봐
애쓰는 나의 세월이 안쓰럽다

아직도 갈망하는 것이 있는가
날 선 저고리를 고이 접던 그때처럼
지금은 내려놓는 연습을 해야 한다

연민에 찬 시선으로
불쏘시개 되어 준 시창작 강의 들으며
옥토로 일구는 마음 밭을 가꾸고 있다

나의 양면성

신영희

절제의 삶을 최고로 여긴 삶
거절 못 하는 성격에 실망스럽고
완벽한 일 처리 실수를 인정치 않는 나였다

뒤끝 있는 내 모습 창피했었고
내향적이며 동적이었던 어린 시절
외향적이며 정적인 생활에 익숙해진
나를 발견한다

사색과 클래식만을 고집했던 내가
노래방에서 가요 막춤도 추며 즐긴다
내 안에 갇혀 겉만 가꾸려 애쓴 육십 년
많은 생각과 행동들이 깊어진다

이제는
긍정을 칭찬하고 부정을 내버리는
넓고 깊은 나만의 옥토 일구어 가고 싶다

아버지의 뜰

신영희

깔깔대는 아이의 웃음소리 들으며
사랑을 듬뿍 담아 도시락을 준비하는
초로에 접어든 아버지의 손길에 행복이 핀다

오랫동안 깊은 병고에 시달리며
가장의 의무를 제대로 다하지 못하고
당신의 뜻 접으며 낙엽처럼 스러진 부성애

청명한 하늘 얼마나 보며 사셨을까
하늘 같은 가슴으로 세상 바라기를 하신
바다보다 깊은 사랑 가득한 가시고기

이팝나무 하얀 이 드러내고 웃는 호국원
노을에 비친 무성한 초록 잎새
아버지의 뜰은 사랑으로 가득하다.

어머니의 잠자는 시계

신영희

어머니 하늘의 부름 받아 떠나던 날
눈물 흘리며 걸음 멈춘 손목시계
지금 서랍 속 깊숙이 잠자고 있지만
꺼내 볼 때마다 추억이 새록새록 하다

금박 도색이 군데군데 벗겨지고
빙 둘러 박힌 보석도 이가 빠지고
끈도 희끗희끗 낡아 너덜거리는
볼품없이 낡은 시계가 추억을 살린다

내겐 낡은 시계 이상의
소중한 어머니 유품이기에
오래도록 간직하며 아련히 떠오르는
소중한 추억 하나하나 끄집어낸다

어머니 체취가 남아있는 손목시계
서랍 속 열어볼 때마다 심장이 뛴다
시곗바늘보다도 정확한 삶을 살라는
무언의 가르침 되새기며 신발 끈을 죈다

유수 같은 세월

신영희

나이 들수록 빨라지는 시간
몇 날을 종종거리다 쉬는 날
근거리 나들이에 나섰다

한 시간 남짓 도착한 봉하마을
생전의 모습 간곳없고
방문객 수다가 자리를 채운다

부엉이바위의 애잔한 사연
그날의 멍에 고스란히 남아
역사의 뒤안길에서 표류하고 있다

생전의 미소처럼
주인 잃은 함박꽃
공허한 바람이 옷자락을 붙든다

시인 **이서연**

홍천 거주
대한문학세계 시 부문 등단
(사)창작문학예술인협의회 정회원
대한문인협회 강원지회 정회원

대한창작문예대학 제7기 졸업
대한창작문예대학 졸업 작품 경연대회 동상

대한문인협회 낭송시 선정
시낭송 CD "詩 자연을 읊다."

사랑의 여백

이서연

아직도 생각이 나고
가끔은 그리워진다.

없어져 버린 자리엔 빈 공간만이
큰 구멍처럼 남겨져 있다.

소중하고 귀한 사랑은 채울 수 없이
공간 속에
여운을 남긴 채 비워 둔다.

아주 멀지도
그리 오래지도 않은
시간 속에 잠든
사랑은 쓰다 남은
백지에
공백으로 남겨둔다.

내게 사랑이
조금은 남아있기에
채우려 해보지만
뻥 뚫린 큰 구멍이 남아
채울 길이 없다.

백년가약

이서연

둥근 소반에
정화수 떠놓고
두 손을 모아 빌고 빌었다.

검은 머리 파뿌리 되도록
일생 고락을 같이하자며
백년가약 맹세하여다.

정화수 앞에 놓인 촛불
치맛자락 나부끼듯
나풀나풀 춤을 춘다.

온 마음 다짐하며
마주한 당신과 나
오늘 백년가약 주를 마시며
평생을 함께할 것을 굳게 다짐한다.

일평생 당신에
손과 발이 될 것을
약속합니다.

봄의 전령 진달래

이서연

기나긴 엄동설한을 뒤로한 채
노란 물결을 시샘하듯
연분홍으로 그렇게 피어나
뒷동산을 물들이던 진달래

개구쟁이 친구들과
산으로 들로 뛰어다니며
행복해하던 시절은
이제 추억 속에 잠을 자지만

앞산과 뒷산을 물들이는
봄의 전령 진달래가 피어나면
지금은 소식도 전하지 못 하는
어릴 적 친구들이 그립습니다

나의 카메라

이서연

수년의 세월
찰칵찰칵
수도 없이 깜박이며
많이도 셔터를 눌러 왔다.

고장 나지도 않는
세계 제일에 렌즈는
이제는 노후가 되어
초점은 약간씩 다르게 잡히지만
아직은 반백 년쯤은
끄떡없이 사용할 것만 같다.

고장 없는 나의 카메라는
항상 빛을 발휘하는 렌즈가 있어
어딜 가나 초점 맞춰 제 기능을 다 한다.

앞으로 수십 년을 더 사용하고도 남을
나만의 카메라
나는 나의 카메라를 아끼고 사랑한다.

자화상

이서연

따스한 봄날 같던
유년에 시절
거리를 물들인 벚꽃 구경 행렬처럼
기쁘고 꿈많고 걱정 없이 온아하기만 했다.

꿈많던 소녀는 어른 되어 부모보다는
한 남자의 아내로 중년의 길을 걸어가는
여인의 삶이 고단하다.

봄꽃 같은 화사함을
마음속에 그리며
잊으려 해 보지만
아내이고 엄마 이였는데
어느새 할머니가 되어 있다.

이 세상에 나의 존재감이 허무하기도 하지만
화사함을 주고 싶은데 헝클어진 내 삶은
뒤죽박죽 뒤틀어진 길을 걷는 것만 같다.

장미

이서연

오월의 장미 곱게 피어나
계절의 여왕답다
맑은 하늘 아래
푸르른 초목 사이
벌과 나비
사랑 듬뿍 받는다.

향 짙고 아름답다 한들
꺾지 못하게 날카로운 가시
그 곱던 자태 떨어진 꽃잎 추하기만 하다.

더러워진 꽃잎에 변해버린 꽃은
아름답던 기억이 지워진다.

돌 나물

이서연

햇볕 좋은 날
돌 틈 사이로 자라나온 돌나물

찬바람 맞으면서 줄기 마디마다
소예 이쁘다.

다른 나물 맛을 전해 줄 때쯤
다육식물은
노란색의 작고 귀여운 별꽃을 피운다.

맛과 고운매 봄의 잔치

소중한 사랑

이서연

어릴 적 목말 태워 함께하여주시며
자전거에 날 태워 학교를 보내주시던 아버지

가끔은 엄마 맘 아프게도 하셨지만
그런 아버지가 보고 싶다.

가끔은 날 찾아와
사랑한다 내 딸아 하면서
귓전에 들리는듯하다.

그땐 소중한 줄 몰랐었다.
떠나고 안 계신 빈자리
이리도 클 줄 몰랐다.

봄이 오면 더욱 생각난다
나처럼 아버지도 날 기억하고 계실까!

농부의 배꼽시계

이서연

매서운 칼바람이 스쳐 가며
모든 것을 얼려 버린 듯
생명의 풀 한 포기 없이
삭막하다 못해 적막한 대지에
수백 수천 명의 끼니를 채워줄
양식의 씨를 뿌리는 농부들

소박한 마음으로
지난해처럼 풍년을 기원해보며
새벽녘에 시작한 농사일에
때가 되면 새참이오
진한 육수로 샤워를 하고 나서는
막걸리에 김치 한 점으로 허리를 펴듯
그 어느 농부의 뱃속에도
맞춰 둔 알람시계는 없지만
오늘도 꼬르륵 소리에
그들만의 식사는 시작된다.

보리탕

이서연

오월의 한나절은 길기만 하고
허기진 배를 우물물로 채웠던
천진난만했던 어린 시절

보리가 누렇게 익어갈 무렵
뒷산에 뻐꾸기가 울어대는
초여름에는 늘 그렇게 배고팠다.

익어가는 풋보리 싹둑 베어다가
불에 구워 숯검정 묻혀가며 먹던
그 어린 시절이 아련히 떠오른다.

시인 이은석

대전 유성 출생
충북 청주 거주
공군 약 33년 복무
보국훈장 광복장 수훈
보국수훈 국가유공자

대한문학세계 시 부문 등단
(사)창작문학예술인협의회 정회원
대한문인협회 대전충청지회 사무국장
대한문인협회 금주의 시 선정
대한문인협회 이달의 시인 선정
대한문인협회 살며 사랑하며 외 다수 낭송시 선정
대한창작문예대학 제7기 졸업
문예창작지도자 자격 취득
대한창작문예대학 졸업 작품 경연대회 장려상
사) 한국서예협회 정회원
전국단재서예대전 초대작가
전국단재서예대전 대상 수상
<저서> 시집 "사랑을 노래하리"
E-mail: leees57@hanmail.net

조화의 아름다움

이은석

검정 먹물 듬뿍 찍어
하얀 화선지 위에
한 획, 한 획 힘차게
내려긋는다

그윽한 묵향과 함께
공간의 여유를 즐기며
화려함보다는 짜임새를
섬세함보다는 조화를 추구한다

찰나의 순간
수많은 타협과 양보를 교환하여
마침내 점 하나 갈무리하며
아름다움을 완성한다

우리 삶의 모습도
도드라진 멋짐보다
여유와 어우러짐을 통해
더 큰 가치 찾길 갈구하면서

염원

이은석

한밤중 장독대에 촛불 하나 밝혀놓고
아픈 자식 빨리 낫기를 바라는 간절한 마음 가득 담아
울 어머니 빌고 빈다

꽁보리밥 몇 술 뜨고
온종일 뙤약볕에 고생하신 울 어머니 안쓰러워
끝내기를 간청해도 쓰러질 듯 쓰러질 듯하면서도
꺼질듯한 촛불 다시 일듯 끊임없이 이어진다
주무시길 재촉해도 소용없다

둘째 손자 희소질병 진단받고 애간장 끊어지는 아려옴에
이제야 그 심정 알 것 같아
내 가슴 깊이 어머니 촛불 모셔두고
신이 내리는 기적이 찾아오길 지성 다해 염원한다

연분홍 사랑

이은석

소소리바람 채 사글지 않았건만
누구에게 봄소식 전하기 위해
뒷동산에 살며시 찾아드느냐

애달피 찾는 임 누구이길래
연녹색 저고리 입기도 전에
서둘러 발그레 고운 모습 내밀었느냐

화려한 자태로 단장도 않고
감미로운 향기도 내려놓은 채
바람난 벌, 나비를 어찌 유혹할거나

그래도 넌,
온 산야를 붉게 수 놓으며
뭇 시인들의 사랑 듬뿍 받으니
그 뉘의 행복이 너만 하리오

내 사랑아!

이은석

나이 들어 노안 오니 글씨 읽기 어렵구나
핸폰카로 찰칵 찍어 큼지막게 확대하니
어얼씨구 저 얼씨구 신세계가 따로 없네

신제품이 쏟아지고 설명서가 넘쳐나도
필요할 때 옆에 없어 아쉬운 맘
큐알코드 스캐너가 친절히도 안내하네

전자기술 발달함에 복잡해진 생활용품
방심한 틈 고장 나니 이 설명을 어이할까
사진 찍어 전송하니 어얼씨구 간편하네

어화둥둥 내 사랑아!
네가 있어 행복하다

노를 저어라

이은석

거친 바다를 헤쳐나가기 전
너와 내가 손을 잡고

푸른 하늘과 바다가 맞닿는 곳
수평선 너머 저 먼 곳을
모두 함께 주시한다

머리에 시어를 담고
가슴엔 시향을 품어

바다 건너 미지의 섬을 향해
우리가 맞잡은 손과 손에
힘 모아 노를 저으면
초록 물고기 만선을 이루리라

봄 이야기

이은석

돋을볕 고운 봄날 해뜰참에
뿌려 놓은 씨앗 궁겁하여
호미 하나 챙겨 들고 발걸음 한다

따사로운 날빛 따라 올망졸망 싹틔운
열무며 골파 강낭콩
이쁘기도 하다

밭 가온에 옹기종기 모여 앉아
도란도란 수다 떠는
새싹들의 쉼 없는 이야기
참살이도 하다

바람에 누울까
달구비에 처질까
애태우는 여름지기를 위해
굳세게 버텨내어 알차게 여름 맺으리

회초리를 청하옵니다

산기슭 양지바른 숲 가에
올망졸망 줄지은 꺼병이 떼
먹이 찾아 이리저리 쏘다닙니다

긴 목 곧추세워 주변을 살피는
까투리와 장끼의 긴장된 모습
새끼들 다칠세라 위험할까 애태웁니다

갖가지 위험을 피할 수 있을 때까지
혼자서 주린 배 채울 수 있을 때까지
안달복달 장끼의 보살핌은 눈물겹지요

이렇듯 장끼의 사랑은 높고 높지만
어느 새끼 하나 그 지극함엔 관심도 없고
그저 뛰노는 즐거움에 신이 납니다

아버지의 사랑과 희생으로 커온 자식들
제힘으로 살아온 줄 착각하면서
아버지의 생각과 삶의 방식을 애써 외면합니다

떠나신 후에야 뉘우치는 불효자식은
저 하늘 위에서 내려다보실 아버님의
따끔한 회초리를 청하옵니다

애달픔

이은석

정들었던 군문을 떠나 올 때
영광스러운 보국훈장과 함께
기념으로 끼워 준 금색 시계

한걸음에 달려가
아버지 손목에 채워 드림에
환하게 웃으시며 기뻐하시던
인자하신 모습 아련합니다

몇 푼밖에 되지 않을 작은 시계였지만
농사일로 주름진 아버지 손목에서
유난히도 반짝반짝 빛났었지요

영원토록 아버지와 친구 하며
웃음꽃 지어 주길 바랐었는데
오래지 않아 홀연히 하늘나라로 돌아가심에
주인 잃고 홀로 남아 애달파합니다

꽃봉오리

이은석

영롱한 이슬방울 속에 투영된
지난 세월의 발자취

여린 꽃봉오리 흔들릴까 다칠세라
밤낮으로 보살피고 보듬은 시간

행여나 길을 잃고 헤맬까
노심초사 애태운 시간

슬기롭게 이겨내어
이쁜 꽃 활짝 피우니
얼굴 가득 웃음으로 마중합니다

돌아보니 모두가 행복이었음에
저 하늘 별님 보며 감사드려요

백화산

이은석

청풍명월의 고장 청주 동녘에
나지막이 자리 잡은 아름다운 산
푸른 솔과 굴참나무 두 팔 벌리어
찾는 임 반가이 맞이합니다

솔새들 노랫소리 귀를 홀리고
수목들 온갖 자태로 눈길을 끌며
골 따라 불어오는 시원한 바람
이마에 흐른 땀을 식혀줍니다

품에 든 이에게 포근한 사랑방 되어 주고
기쁨과 건강을 덤으로 안겨 주는 백화산
상당산성과 나란히 자리 잡은 정겨운 친구
오늘도 환한 웃음 살포시 선물합니다

시인 **장화순**

♣ 목차

대전 거주
대한문학세계 시 부문 등단
(사) 창작문학예술인협의회 정회원
대한문인협회 대전충청지회 정회원

대한창작문예대학 제6기 졸업
대한창작문예대학 제7기 졸업

<수상>
대한창작문예대학 제6기 졸업작품 경연대회 은상
2016년 한 줄 시 장려상
2016년 순우리말 장려상
대한창작문예대학 제7기 졸업작품 경연대회 동상

<공저>
대한창작문예대학 졸업작품집 "동반의 여정"

가슴에 피는 꽃

장화순

실바람 불어오고 햇살 한 줌 눈부신 날
여린 꽃잎 배시시 눈웃음 마음 설레어
바빠지는 심장 펌프에 붉은 사랑 꽃은 피어난다.

장엄하지 않고 은은한 봄 음률
냉기에 쪼그라든 만산 다독이며
온화한 몸짓으로 붉게 채색되어 웃는다.

 스쳐 지나가더라도 저를 기억하라
빗방울 품어 않은 수줍은 몸짓
그 붉은 사랑 가슴 강으로 흘러든다.

진달래 너는 애틋한 사랑이다.

거북 등 손

거스를 수 없는 윗사랑과
내리사랑 육 남매에 조카 둘
그 자리가 얼마나 버거웠을지
심장은 반으로 쪼그라들었을 것 같다.

거북 등 같은 손 갈라 터져
속살 보이면 옻 나뭇진을 바르고
손가락 마디마다 감아놓은 반창고
하얀 찔레꽃 같다고 생각했다.

덧없는 세월 비어가는 가슴
은혜의 붉은 장미와 카네이션
그 가슴에 몇 번이나 피울지
먹먹한 마음으로 손가락 꼽아본다.

당신을 불러봅니다.
아버지

고온 누리

사오락사오락 명주바람 스치니
삭정이 같던 나뭇가지 물오르고
시나브로 맺은 꽃봉오리 날빛에
우둔우둔 마루보다 높은 꿈을 가진다.

흐르는 나릿물 달빛에 윤슬 되고
바람 칼 날갯짓 산들어지며
온 누리에 닛낫한 새순 돋아
살근거리며 그랑으로 살고 싶다.

고운 누리 : 아름다운 세상 / 사오락사오락 : 비단 치마 자락이 서로 스치어 내는 소리
명주바람 : 명주처럼 부드럽고 화창한 바람 / 삭정이 : 산 나무에 붙은 채 말라죽은 가지
시나브로 : 모르는 사이 조금씩 / 날빛 : 햇빛 / 우둔우둔 : 가슴이 두근거리는 모양
마루 : 하늘 / 나릿물 : 냇물 / 윤슬: 햇빛이나 달빛을 받아 반짝이는 잔물결
바람 칼 : 새가 하늘을 날 때 그 날개를 이르는 말
산들어지다 : 태도가 맵시 있고 경쾌하다 좀 시원한듯하고 가볍게 간드러지다
온 누리 : 온 세상 / 닛낫하다 : 사물의 감촉이 몹시 연하고 부드럽다
살근거리다 : 둘이 서로 마주 닿아 가볍게 비비다
그랑 : 사람들과 동그랗게 어우러져 세상을 살아가라

144

흔들리는 자화상

장화순

스멀스멀 달팽이 해거름 인사에
알 가득 품은 가재 뒷걸음치고
무지갯빛 피라미 물 위로 튀던 냇가
기웃기웃 고무신 배에 노을이 찾아든다.

냇가는 바싹 마른 가슴 드러내고
물수제비 띄우던 아이 기다리지만
그 아이는 초로의 늙은이 되어
서걱거리는 빈 가슴만 끌어안는다.

쉼 없는 시간의 톱니바퀴에 걸쳐진 몸
늦가을 가랑잎 되어 바스락거리고
하얀 된서리 받아 머리에 인 여인
노을빛 깃든 물결에 흔들리고 있다

말의 양면성

장화순

말은 밭과 같아서
햇빛과 물 정성의 조화로
예쁘게 꽃피고 곡식이 자라듯
순화된 말은 마음 밭에 꽃피운다.

무심히 뱉은 말들이
사람들 마음에 꼬깃꼬깃 쌓여
할퀴고 찔러서 상처를 내게 하니
말은 무서운 칼날과 같다.

일부러라도 한 번 더 생각하고
걸러내 향 고운 말 주고받아
서로의 가슴에 상처 주지 않는
너와 나이고 싶다.

목백합의 사랑

장화순

목백합 이슬처럼 피어나는
환희에 찬 오월의 거리
사랑의 흔적 아스라이 희미하고
동공은 젊은 날의 꿈을 찾는다.

오월 햇살 가득 품어 안고
누가 볼까 두려운 듯 수줍게
잎새 뒤에 숨어 핀 멋진 애인
목백합 넌 천상의 꽃이다.

너무 고운 님 햇살도 부끄러워
살며시 목백합 품에 스며들어
'당신을 사랑하게 하소서'
귀엣말로 속살거린다.

비손 여인

기름 먹은 횃불처럼 밝지 않지만
작은 희망은 꿈을 품고
칠흑 같은 밤을 하얗게 태운
어머님 소원이 촛불에 타오른다.

기다림이 별빛 등대에 스며든다.

말갛게 흐르는 여인의 사랑
빌고 비는 손끝에 타들어
망부석 냉가슴에 불을 지핀다.

가슴팍이 푹 파이도록 뜨겁게 저를 태워
흥건히 고인 뜨거운 눈물 쏟아낼 때
아픈 사랑도 함께 토해내고
여인은 흔들리며 또 비손이 된다.

능력자

장화순

잠들기 전 꼭 너를 보고
너를 보기 위해 잠을 깨는 듯
눈뜬 아침 맨 처음 너를 마주한다.

하루 중 수없이 너를 보며
사람들 발걸음 종종거리고
바쁜 하루를 살게 한다.

가끔은
조금 느려졌다가 빨라졌다 해도
다시 제자리 찾아오는
너는 능력자다

너와 나
반복된 삶 속에서
틀린 듯 닮은 삶이다.

천재 바보와

장화순

마주 볼 줄은 모르고 같은 곳만 보는 바보
만져주지 않으면 천 년을 그 자리에 머물 바보
사람 손끝에서 살고 죽는 어리석은 천재 바보와
떠난다. 밀월여행을

빛바랜 하늘 우울증에 한숨짓는 소리와
하얗게 질려 천길 하늘로 뛰는 파도도 담는
순간의 짜릿함을 위해 천재 바보와
떠난다. 밀월여행을

얄밉게 콕 집어 세월 흔적 비치는 무례한 너
뺑 차버리지 못하고 동행하는 것은
네가 토해낸 내 모습 부정할 수 없기에
모반 꾼이오. 사랑꾼인 천재 바보와

떠난다. 밀월여행을

무채색의 공간

장화순

와르르 무너진다. 탑이
주춧돌 없이 쌓아 올린 화려한 모래성
밀물을 머금고 성은 소리도 내지 못한 채 사라지고
그만큼의 빈터를 만들어주었다

세월 풍상은 이마에 굵은 동아줄 하나를 만들고
동아줄은 마음속에 작은 터 하나를 만든다.
내 영혼이 지치고 힘들 때 노크 없이 들어가
나를 뉘고 멍청한 눈을 가져본다

삶의 한 귀퉁이 작은 나만의 빈터
그 빈터를 하얗게 남겨 두었다
만리향 꽃 하나 심어 향 고운 날 시어 한 줄 얹어
바람의 날개에 실어 훨훨 날려 보낸다

그리고 또 하나의 빈터를 만든다

시인 **전선희**

대한문학세계 시 부문 등단
(사)창작문학예술인협의회 정회원
대한문인협회 경기지회 정회원

금주의 시 선정 (한여름날의 오후)
대한시낭송가협회 (낭송시 선정) 나에게 주어진 하루
대한창작문예대학 제7기 졸업
문예창작지도자 자격 취득
대한창작문예대학 제7기 졸업작품 경연대회 은상 수상

<공저>
대한문인협회 경기지회 동인집 "햇살 드는 창"
텃밭 문학회 9호 집

그대의 향기

전선희

싱그러운 신록이 미소 짓고
푸름이 윤슬처럼 반짝 빛날 때
세상은 온통 그대의 향기로 가득합니다

초록의 숲을 휩싸고 도는 향기
눈 감고 가만히 들숨과 날숨으로 음미하면
옛 시절 꿈길을 손잡고 거니는 듯합니다

그리움은 새록새록 하고
내 가슴속 뜨락에 사뿐히 내려앉아
초여름의 싱그러운 상념에 젖어 듭니다

꽃처럼 진 젊은 날의 사랑은
떠나는 꽃들의 속살거림 속에
그대의 향기가 되어 코끝을 맴돕니다

꿈하늘

전선희

꽃그늘에 앉아
문득 바라본 꿈하늘
그림내 나를 쳐다보며 환하게 웃고 있다

꿈 오라기인듯하여 두 눈 비비고 다시 보니
꽃구름 사이로 비친
햇발이 내 님 얼굴처럼 보였다

생파같이 단꿈을 꾼 나를
꿈하늘은 피그시 바라보며
정답게 웃어준다

꽃그늘 : 꽃나무의 그늘 / 꿈하늘 : 꿈과 같이 멀고 아득하며 아름다운 하늘
그림내 : 내가 그리워하는 사람 혹은 사랑하는 사람 / 꿈 오라기 : 꿈의 한자락
꽃구름 : 여러 가지 빛을 띤 아름다운 구름 / 햇발 : 사방으로 뻗친 햇살
생파같이 : 뜻하지 아니하게 갑자기 / 단꿈 : 달콤한 꿈
피그시 : 슬그머니 웃음을 드러내는 모양

늘 푸른 소나무

전선희

어둠이 내린 들녘에 서 있는
아버지의 굽은 어깨에
고단한 삶의 하루가 앉았다

아버지라는 이름으로 짊어진
세월의 무거운 짐은
애달픈 고뇌와 삶의 애환을 말해준다

묵묵히 집안의 울타리로
오랜 세월 가족을 지키며 사신
아버지의 헌신적인 사랑 앞에 마음이 숙연해진다

언제나 늘 푸른 소나무처럼
가족을 향한 사랑의 마음 오래오래 기억하며
아버지 곁에 영원히 머무르고 싶다

멈추어진 금빛 시계

전선희

운명처럼 결혼하고
숙명처럼 금빛 나는
너를 만났다

수없이 많은 시간 너를 보며
사랑하는 사람을 위해
앞치마를 두른다

나의 빛나던 신혼처럼
황금빛으로 빛이 났던 너도
지난 세월 스치면서 심장을 멈춘다

이사 할 때마다
아름다운 추억을 공유한 너를
차마 버리지 못하고 동행한다

나만의 금빛 시계
지금은 멈추어 버렸지만
내 삶의 가장 의미 있는 소장품
너와 빛나는 내일을 꿈꾼다

봄 산 진달래

전선희

산기슭마다 수줍게 피어난 진달래
소박한 삶을 살다간
한 많은 어느 여인의 넋이었을까

연분홍 꽃이 되어 머무는 산자락
가슴에 닮았던 아픔의 사연
차마 떨쳐내지 못하고
마음에 받은 상처 때문일까

봄바람에 실려 오는 임의 소식
봄 동산 가지마다 매달린
연분홍 꽃들의 향연이
갈길 바쁜 나그네의 발길을 멈추게 한다.

수채화 같은 삶

전선희

태양과 달이 보이지 않을 때까지
온종일 일 속에 묻혀있는 나의 삶
나에게 주어진 일상이 버겁다

몸은 힘들다며
여기저기서 떼를 쓰는데
마음은 안된다며
정신력으로 인내를 가르친다

삶의 무게가 가슴을 누르고
어깨가 무거워
모든 걸 내려놓고 싶다며 투정부릴 때
반짝이는 눈망울들이 내 마음을 잡아준다

언제나 곁에서 힘이 되어주는 나의 분신
그들을 키우기 위해 내 삶이 이처럼 버거웠나
오늘도 희망의 미소로
수채화 같은 삶의 그림을 그린다

아름다운 동행

전선희

꽃향기 날리던 봄날
설렘 가득한 우리들의 만남은
작은 떨림이었다

열망의 불꽃을 가득 담아 온 힘으로
세상을 감동하게 할
작품을 만들고자 저마다 애를 쓴다

소중한 인연으로 함께 한
향기로운 문학의 배움터
학우들의 눈빛은 뜨거운 열정으로 빛났다.

아름다운 추억

전선희

기쁨과 슬픔, 행복과 즐거움
살아온 나날이 삶의 역사가 되었다

잔잔한 물결처럼 주름진 얼굴에도
세월의 더께만큼 거칠어진 손에도
사랑하는 아이들을 남긴 것에도
아름다운 삶의 체취가 풍긴다

바람처럼 흐른 세월은
아스라이 빛바랜 추억이 되어
지난날의 아픔을 어루만지며
내 어깨를 감싸며 위로해준다

불어오는 바람처럼
묵묵히 걸어온 시간
가슴 설레며 행복했던 날들이
내 삶의 아름다운 자서전이 되었다

사계절처럼 오고 가는 인생
건강한 몸과 맑은 정신으로
흐르는 강물처럼 대지의 생명수 되어
남은 삶을 의미 있게 수놓으며 살고 싶다

억새와 나의 인생

전선희

꽃같이 예쁘고 아리따운
시절은 어디로 갔는지
중년의 모습을 한 낯선 여인은
야생화처럼 힘든 삶이 얼굴에 묻어 있다

내 앞에 펼쳐진 넘어야 할 산들을
산등성이 억새처럼 끈질기게 살아냈던 삶
피고 지는 세월을 지나고 보니
모두가 하얀 그리움이 되었다

나에게로의 삶의 여행길에서
고운 자태의 은빛 억새처럼
빛나는 향기 날리는 세상의 창가에서
희망의 노래를 부르고 싶다

작은 렌즈에 세상을 담다

전선희

봄바람이 살랑이는 계절
향기로운 꽃들이 알록달록 피는 날
자연이 그려주는 봄을 만나러 나선다

시간과 공간 속
카메라 렌즈에 비치는
아름다운 풍경이 초점에 들어온 순간
셔터는 쉴 새 없이 찰칵찰칵 소리를 낸다

정지된 찰나의 순간들
기억하고 싶은 아름다운 계절
삶을 사랑하는 환희의 순간
작은 렌즈에 진솔한 풍경을 담는다

소중한 추억이 될 순간들
가고 오는 세월 속에
또 다른 찰나의 시간
작은 렌즈에 황홀한 세상을 담는다

시인 **정연희**

♣ 목차

경기 의정부 거주
대한문학세계 시 부문 등단
(사)창작문학예술인협의회 정회원
대한문인협회 경기지회 총무차장
대한창작문예대학 제7기 졸업
대한창작문예대학 졸업 작품 경연대회 장려상

<공저>
햇살 드는 창(대한문인협회 경기지회 동인지)

경쾌한 사랑

정연희

성난 파도처럼 한바탕 차가운
물결이 지나간 자리에
텅 빈 눈물로 쏟아내는 쓸쓸한 미소
너만을 기다리고 또 기다리고
하얀 그리움이었던 나의 노래

꿈결 같은 바램 속에 너는
꿈을 꾼 듯 내 곁으로 다시 찾아와
아름다운 향기로 피어나
청량한 행복을 선사하는
행운의 파랑새

여리디여린 가냘픈 내 가슴에
매일 새로운 설렘의 노래와 희망
어느새 봄꽃처럼 화사한 표정의
맑고 고운 향기만 뿜어내는 어여쁜
꽃잎의 속삭임

푸른 하늘을 향하여
우리의 상쾌한 꿈을 하늘에 띄우고
푸른 초원의 산뜻한 공기처럼
솜털같이 가벼운 날개는
온통 경쾌한 사랑으로 빛나고 있다

불꽃

정연희

남쪽에서 따뜻하게 불어오는 바람에
코끝 간지리는 봄꽃 같은 향기 머금은
당신을 보고 있노라면
내 가슴은 사랑의 불꽃으로 타오릅니다

봄바람처럼 부드러운 사랑으로
꿈과 희망의 지혜로운 가슴을 가진
당신을 보고 있노라면
내 가슴은 감동의 불꽃으로 타오릅니다

마음이 무겁고 힘들 때마다
따뜻한 가슴으로 나를 감싸주는
당신을 보고 있노라면
내 가슴은 생명의 불꽃으로 타오릅니다

한결같은 태양, 달과 별처럼
인생의 동반자로 손잡아 주는
당신을 보고 있노라면
내 가슴은 영생의 불꽃으로 타오릅니다

수줍은 내 마음

정연희

살랑살랑 실려 오는 봄 향기에
수줍은 듯 설렘으로 피어나는 내 마음
감출 수가 없어라

사랑스러운 여인의 향기처럼
달콤한 진달래꽃으로 물들인
분홍빛 사랑이어라

맑은 순수 향으로 피어 올리는
내 사랑이여
첫사랑처럼 설레며 다가가고 싶어라

봄의 향기 사랑스러운 날에
그대와 나 분홍빛 꿈을 안고서
행복을 노래하고 싶어라

꿈꾸는 작은 새

정연희

봄볕이 좋아 푸르름으로
희망을 약속하는 꿈꾸는 작은 새는
빛나는 날을 부르며 봄 하늘을 자유롭게
날아다닌다

파란 하늘과 하얀 솜사탕 구름이
그림처럼 펼쳐진 맑은 하늘에는 내일에 대한
호기심으로 가득 찬 내 모습이 거기에 있다

내 마음의 풍선을 달아 환희로 다가올
미래를 향해 끝없이 나르는
꿈꾸는 작은 새

푸른 하늘 위에는 언제나 행복을 바라고
꿈을 키우는 내가 보인다
맑은 가슴을 지닌 순수한 소녀의 마음이
그대로 행복을 느끼며 끝없이 유영하고 있다

해찬솔

정연희

서러운 해윰이
물비늘처럼 일렁이면
쪽빛으로 물들인 너를 바라보며
하제의 초록 꿈을 꾼다

늘솔길에 마음을 열고
너를 마주하면 끌끌해져
늘해랑으로 조용히 다가와
넓은 아라 되어 그린나래 펼친다

아련한 내 작은 가슴에
생채기로 얼룩진 아픔
따스한 너의 가슴으로 어루만져 주어
함초롬한 마음은 해찬솔 되어 준다

해찬솔: 햇빛이 가득찬 소나무 숲
물비늘: 잔잔한 물결이 햇살 따위에 비치는 모양
쪽빛: 짙은 푸른빛 / 하제: 내일
늘솔길: 언제나 솔바람이 부는 길
끌끌하다: 마음이 밝고 바르며 깨끗하다
늘해랑: 늘 해와 함께 살아가는 밝고 강한 사람
아라: 바다의 우리 말 / 그린나래: 그린듯이 아름다운 날개
아련하다: 보기에 부드러우며 가냘프고 약하다
생채기: 손톱 따위로 할퀴거나 긁히어서 생긴 작은 상처
함초롬한: 젖거나 서려있는 모습이 가지런하고 차분하다

고귀한 향나무

정연희

신록이 짙어가는
오월의 실바람 사이로
어린 시절 아버지의 향기가 그리움 되어
푸른 하늘가에 꽃처럼 날립니다

유년의 천진난만한 소녀의 가슴에
설렘으로 다가와
어린 가슴을 뛰게 했던 아버지는
세상에서 단 하나뿐인 나만의 고귀한 향나무입니다

물빛이랑 산빛이 수려한 지리산 자락에는
아버지의 사랑이 흐르고
향긋한 한약 향기와 먹물 냄새를 간직한
고귀한 향나무는 언제나 마음속에
살아있는 그리움입니다

오월의 향기가 그윽하게 날리면
마음속에 그리던 아버지의
고귀한 향내를 느낄 수 있어
마음이 온화해지고
더없이 행복합니다

알람 시계

어젯밤 너와 내가
다정히 맞춰 놓은 알람

경쾌한 알람 소리에
화창한 하루를 열어본다

작은 너의 심장에서 울려 퍼지는
상쾌한 노래는
항상 기대와 행복으로 가득 찬 희망의 메시지

경쾌한 알람으로 시작되는 하루
설레는 마음은
빛나는 하루를 기대한다

지난여름 바닷가

정연희

뜨거운 태양이 정열을 부르고
파도 소리가 가슴을 적시는
지난여름 바닷가

하얀 파도가 부서지는
시원한 솔바람 사이로
향기롭던 우리의 속삭임 물결처럼 일렁인다

바람에 흩어져 버린 우리의 지난날
그리워 다시 찾은 바다에는
정다운 우리의 이야기가 파도에 실려
가슴을 뛰게 한다

고향의 푸른 언덕

정연희

신록이 짙어지는 계절이 오면
맑아진 가슴으로 초록의 숲길 되어
어린 날의 소녀가 된 듯 걸어가고 있다

산새 소리 물소리 맑은 지리산 자락에서
친구들과 함께 우정을 꽃 피우고
꿈의 날개를 펼치며 뛰어놀던 푸른 언덕

산들바람이 불어오고
플라타너스 잎이 하늘거리면
우리들의 맑은 웃음소리와
상큼한 이야기가 들려온다

지금은 멀어져간 옛 추억이지만
초록 향기가 싱그러운
내 고향 푸른 언덕에는
어린 시절의 순수한 꿈이 그대로
살아있는 듯하여 마음을 포근하게 한다

시향이 피어나는 뜨락에서

벚꽃 향기 곱게 날리는 날
꿈을 찾아 시향의 뜨락에 모인 우리
초롱초롱한 눈망울은 봄 새싹처럼
설렘을 담아 빛난다

마주하는 마음은 파란 하늘과 같은
희망의 시향을 꽃 피우고
싱그런 향기를 내 뿜는 화사한 꽃길을
함께 걷는다

나른한 햇살에 졸음이 스르르 밀려와도
박하사탕처럼 화한 느낌의 산뜻한
뜨락으로 물들이고

향긋한 시심으로 피어나
아름다운 시향으로 꿈꾸는 날개는
활짝 펼칠 것이다

시인 **조미경**

캐나다 아티스트 이민(25년전)

제천 미당갤러리&카페 대표

대한문학세계 시 부문 등단
(사)창작문학예술인협의회 정회원
대한문인협회 서울인천지회 정회원

대한창작문예대학 제7기 졸업
문예창작지도자 자격 취득
대한창작문예대학 졸업 작품 경연대회 동상

촛불

조미경

밝혀 줄 무엇이 있기에
너는 너의 몸을
그리도 태우느냐

네 속에 있는 너는
내가 아직 모르는데
너는 불기둥 만들며
타오르게 하자 하는구나

내 안의 또 다른 내가 사는데
네 몸의 살을 태우면서
나에게
어둠을 밝혀 주려 하는구나

내 사랑 진달래

조미경

산허리 돌아
영글어진 꽃망울
첫눈에 반해 버렸네

뒤엉켜진 가지 사이
비집고 나와
점박이 꽃송이
자랑하네

알알이 영글어진
풍만한 가슴
연분홍 립스틱
진달래 향기
외롭다 짝지었네

둥지 틀며 손잡아 주는
내 사랑 진달래

내 삶의 연출가 카메라

모든 걸 알고 있는
숨겨진 사랑
비밀스러운 그곳
마음 지극하며
너에게 맡겨 두었네

렌즈 안 어둠과 외로움
과거 현재 미래를
간직한 너
드디어 세상 나왔네

눈 안에 뭐가 보일까?
눈 뒤에 뭐가 있을까?
눈 안에 뭐가 들어 있을까?
눈 속에 무얼 간직할까?

내 인생 담아
영화 속 주인공으로
남겨진 카메라는
내 삶의 연출가라네

내 속의 나

조미경

나는 나를 슬퍼하지 않게
나는 나를 고독하지 않게
일으켜 세운다.

살바람 언덕 쉬는 고개 위를
때론 걷게 해주고
때론 쉬게 해준다.

나는 나를 바라보며 잘했다 말하고
가슴안아 함께 울어주고
아픈 나를 일어나 걸으라 해주고
슬픈 나를 미소로 위로해 준다.

잘살고 가라고 잘살다 가라고
그런 나를 알아주는 나였다.

사랑의 마음

조미경

그대가 돌 같은 나를 깨워
산처럼 한결같은 마음으로
사랑을 알게 하고
여자로 만들어 놓았다.

그대가 바다 같은 사랑으로 나를 깨워
봄 햇살 품으로 보듬어
정을 알게 하고
행복을 일깨워 주었다.

그런 그대가
단단한 돌 같은 마음으로 돌아서고
밀물처럼 다가와 발자국 남겨놓고
썰물처럼 흔적 없이 떠나간다.

아버지의 발자국

조미경

호수는 낙엽을 한가롭게 희롱하고
나룻배 한 척 진종일 발목이 묶여있다
노을이 기울고 외로운 창가에 달빛이 마실 올 때
신명 나는 춤사위와 노랫가락은 바람 타고 흐르고
아버지의 이마엔 구슬땀이 비 오듯 쏟아진다

신명 나는 판이 끝나면 공허한 삶들은
썰물로 낮아진 해수면처럼 뒤안길로 접어든다
아버지의 목소리는 이마의 주름살처럼 깊어지고
쉼 없이 흘러간 시간의 바늘이 지나간 모래톱 위에
보름달보다도 크게 남겨진 외로운 아버지의 발자국

인생은 시계처럼 돌고

조미경

살 에이는 듯한 삶의 골목길에 서서
고개를 들고 푸른 하늘을 바라보니
인생은 돌고 도는 계절과 같고
쉼 없이 돌고 도는 시곗바늘과 같더라

자드락길 굽이돌아 눈맞춤 없이 떠난 임
그리워 하염없이 서럽게 엉엉 울었다
소슬바람 타고 낙엽처럼 바삐 떠난 임은
돌아오지 않고 그리움은 한(恨)이 되었다

상처는 아물고 인생이 감처럼 익는 지금
임은 떠날 때의 모습으로 가슴에 자리하고
흔들림 없이 뚜벅뚜벅 걷는 시곗바늘처럼
오늘도 그리운 임을 위해 탑돌이를 한다

얼어있는 내 마음을 임은 입김으로 녹이고
왔다 갔다 하는 시계추는 마음의 얼음장을 깬다
한 번 가면 올 수 없는 시계추에 입맞춤하며
강처럼 흐르는 인생은 시곗바늘처럼 돌고 돈다

별이 된 흔적

말없이 간 그 시간 마지막이었다

외로움 옆에 앉아 놀던 밤들과
피맺힌 눈물의 절규가 없었다면
세상의 탁류 속에
떠내려가고 말았을 것이다

등불 되어 매달려 있는 남겨진 추억
갈 수도 없고, 올 수도 없는 멀고 먼 하늘에
별 하나가 빛으로 구름 선반 위에 별의 흔적을 남긴다

가을비

조미경

연둣빛 새싹으로 태어나 흐트러지게 푸르다가
울긋불긋 갈아입은 단풍잎 사이로
촉촉이 내리는 비로 나뭇가지들은 파르르 떤다

제빛을 던져버리고 노랗게 변한 아쉬움이
머문 청춘에 대한 단풍의 화려함보다
낙엽의 엄숙함이 가을비 속에 젖어 든다

옛살비

조미경

복사골 휘돌아 나가는 꽃가람 옛이야기
물굴은 꽃가람 타고 어디 갔냐마는
흐노니한 마음 복사꽃처럼 피어
빛의 새가 머무는 뫼 에움 자드락길 걷는다

미리내의 은가비가 에워싼 푸실
이슬 머금은 땅에 솔내음 불어오고
미르마루뫼 끝자락 언덕 위에서
노고지리가 노래하며 포릉거린다
봄바람 부는 큰돌에 앉아 누리보단 꿈꾼다

하울마루 아래 미르 눈 방죽내는 흐르고
늘솔길 따라 달그림자 윤슬에 일렁인다
온누리 안겨준 나난구리 초아 찾아온 샛별
내 옛살비 방죽내라네

시인 조정덕

대한문학세계 시 부문 등단
(사)창작문학예술인협의회 정회원
대한문인협회 대구경북지회 정회원

2016년 9월 금주의 시 선정
대한창작문예대학 제7기 졸업
문예창작지도자 자격 취득
제7기 대한창작문예대학 졸업작품 경연대회 동상 수상

빈 뜰에는

조정덕

내 집 앞 빈 뜰에는
시절 인연 따라
참 많은 손님이 오고 간다

지난겨울 북풍한설은
나목의 앙상한 가지 사이로
외로움을 남겨두고 떠났다

매화 여인의 웃음소리 가득한

새봄이 찾아온 지금
가슴에는 알 수 없는 사랑이 번져온다

계절이 빈 뜰을 스쳐 지날 때마다
변화무쌍한 삶을 논(論)하고
작별을 고한다

행복이라는 손님
사랑이라는 손님
외로움이란 손님

세월은 빈 수레바퀴처럼 돌아가고
어떤 손님이 찾아올까 나는 또,
빈 뜰에 남겨진 바위처럼 자리를 지키고 있다

촛불의 기도

조정덕

마음이 건조해지고
일상이 어수선한 날에는
모든 일 내려놓고
안식의 촛불 하나 밝혀본다

제 한 몸 불태워
어두움 밝히는 불꽃을 보노라면
격정의 밤 숨 막히게 헐떡이다가
바람에 나부끼는 깃발처럼 흔들리다가
때론 연꽃처럼 고요히 피어난다

촛불 속에 밝아오는
애달픈 고뇌는 불꽃으로 녹아들고
백의 관음 자비하신 손길
임의 염원 감싸 안은 기도
눈물 되어 흐른다

봄의 밀어

조정덕

긴 겨울잠 깨어난 나목
힘차게 뻗어나는 기지개
삭막했던 대지에는
생명으로 아롱아롱 피어나고

연분홍 새색시
미소 띤 얼굴로 총총히 다가서면
꽃잎마다 새겨진 사랑의 연서
내 귓가에 속삭이는 봄의 밀어

세상은 온통 신비에 휩싸여
황홀하고 몽롱한 마법의 향수
천상에서 펼치는 참꽃 축제
이산 저산 번져오는 불꽃놀이

밤비 오고 두견새 구슬피 울던 지난날
소중했던 우리 사랑
또다시 꽃잎처럼 피고 지고
생은 그렇게 흘러서 간다

찰칵

조정덕

찰칵!
찰나에 세상을 담아내는
마법의 상자

찰칵!
고도의 집요한 인내
비밀스러운 문

찰칵!
그 속으로 녹아드는
기억의 조각들

찰칵!
오늘도 추억을 담기 위해
세상을 주시한다

너와 내가 하나 되어

우리 함께 걷는 이 길이
비록 꽃길이 아닐지라도
외롭고 쓸쓸하지 않음은
너와 내가 하나이기 때문이다

우리 함께 발 디딘 이 땅이
비록 척박한 가시밭일지라도
고통스럽고 힘들지 않음은
너와 내가 함께하기 때문이다

우리 함께 걷는 이 길을
포기하지 않고 견딜 수 있음은
이 땅에 아름다운 글꽃을 피우기 위해
너와 내가 한마음으로 노래를 부르기 때문이다

거울 속으로

조정덕

내가 울면 세상이 울고
내가 웃으면 세상이 웃는다

울고 웃는 얼굴 속에
이 한 생이 무상하게 흘러간다

거울이야 본래 그대로인데
나도 너처럼 꾸밈없이 변해가고

지금 창밖엔 꽃색이 완연하니
나는 또 어떤 표정으로 세상을 대면할까

천사와 악마

조정덕

지구의 자전과 공전 속에 낮과 밤은 돌아가고
남녀가 서로 합심하여 사랑의 열매를 맺고
천사와 악마의 타협 속에 이 사회는 공존한다

예나 지금이나 우리의 본성은 그대로인데
내 가슴속 한구석에는 지금도 선과 악이
티격태격 실랑이를 벌이고 있다

오늘도 천사와 악마는
시공 없는 선악의 시소를 타고 있고
나는 그 다툼이 싫어 두 눈을 감고 침묵에 잠긴다

아버지와 사립문

조정덕

이른 새벽과 저녁이 질 무렵
아버지께선 늘 사립문 앞을 서성이셨습니다
때론 문 앞에 장승처럼 서 계시던 아버지
이제는 돌아올 수 없는 강을 건너시고
사립문만 덩그러니 남아 저녁노을을 맞이합니다

빛바랜 사립문 앞을 그 옛날 아버지처럼
나도 서성이다가 아버지의 마음을 그려보았습니다
가족의 희망을 등에 업고 가난한 살림살이
말없이 고뇌하신 아버지의 마음을
이제야 어렴풋이 알 것 같습니다

먼 훗날 사립문도 사라지고
나도 세월의 수레바퀴에서 늙어 가겠지만
아버지의 빈자리는
언제나 내 가슴에 아련한 기억으로 남아
내 혈액 속에 아로새겨집니다.

비목(碑木)

조정덕

삼팔선 철조망 너머 비무장지대에는
이끼 낀 돌무더기 고사목 위로
이름 모를 철모 하나 쓸쓸한 침묵에
잠겨 있습니다

지금은 우리의 기억 속에 잊혀 가지만
바람과 별과 세월과 함께해온 녹슨 철모는
그때의 절박함을 말없이 전해 줍니다

조국을 위해 싸우다 목숨을 바친 영웅들
철모의 흔적은 아직 그 자리에 남아 있지만
마음은 우리와 함께합니다

당신께서 목숨과 바꾼 이 나라는
인권이 있고 안보가 있고 평화가 있어
늘 고마운 마음으로 살아갑니다

합천 소리길

조정덕

바람은 꽃 향을 실어와
시름에 젖은 나그네 달래주고
구름은 산꼭대기에 닻을 내려
시원한 그늘을 드리운다

물은 흐르다 바위에 부딪혀
더욱 푸르디푸른 계곡에는
지난봄 왔다 간 원앙 한 쌍
합천 소리길에 노닐다 날아간다

꽃피고 새우는 봄날은 달아나고
내 청춘의 봄은 심중에 남았는데
계절은 벌써 여름으로 치달리고
합천 소리길의 푸르름과 거문고 소리
또다시 나를 부른다

시인 **최명자**

대전 거주
대한문학세계 시 부문 등단
(사)창작문학예술인협의회 정회원
대한시낭송가협회 회원

시낭송 지도자 자격증 취득
대한창작문예대학 제7기 졸업
문예창작지도자 자격 취득
대한창작문예대학 졸업 작품 경연대회 금상

은은한 촛불

최명자

한바탕 태풍이 휘몰고 간 자리
칠흑 같은 어둠이 내리면
하얗게 밤을 지새우며 지켜주던 너

교실을 윤낼 때면
내 맘 알고 바닥에 스며든 네게
햇살도 내려앉아 입맞춤했었지.

혼자보다는
함께 있을 때 더 빛나는
은은한 추억 속에 젖어 있다.

여인의 향기

최명자

봄빛이 물들면
연분홍 미소 짓는 너

바람에 살포시 춤추는
우아한 몸짓은
여인의 향기로 가득하다.

산허리 자줏빛으로 타오르며
발길 머문 가슴에
한 떨기 사랑이 되었다.

아름다운 사랑이 뜨락에 떨어지면
차마 꽃잎을 쓸지 못하고
그리움 눈에 담는다.

네 앞에 서면

최명자

꽃향기 스며든 날엔
네 눈 속의 피사체로 빨려 들어가
헤어 나올 수 없다.

눈가의 주름도 잊은 채
순간의 행복을 담으려
연신 팔색조 같은 포즈를 취한다.

네 앞에 서면
미소가 번지며 하트를 날리니
참 신기하다.

지금 이 순간
그런 너와 사랑으로 물드는
추억을 담는다.

동행

최명자

봄 내음 가득한 날
가슴마다 시향으로 망울진
소중한 인연을 반기듯
햇살이 따스하게 안아준다.

스물 한 송이의 꽃망울
아름다운 시향 꽃 피우기 위해
정으로 엮은 뜨락은
잔잔한 웃음이 흐른다.

가끔은 비에 젖고
시어의 목마름에 흔들리지만
잔물결에 반짝이는 윤슬처럼
우리는 미학의 시향을 꽃 피운다.

내 안의 나

안개가 스멀스멀 다가오듯
언제부터인가 낯설음이 익숙한
또 다른 나를 본다.

거울 속에 비춰진
세월이 내려앉은 잔상
말없이 바라만 본다.

가까운 이에게 살갑지 못한
지나온 사연의 조각들
울컥울컥 가슴이 먹먹하다.

흔들리는 마음의 소리 다잡아
내게 말한다.
잃어버린 너의 사랑 찾으라고

바람에 스치듯
세월이 내려앉은 얼굴은
비로소 자아를 찾는다.

꽃잎 피면

최명자

라온힐조 돋을볕 맞으며
풀빛 가득한 다님길을
겨르로이 걷는다.

송아리에 방울꽃
재넘이에 시나브로
꽃내음 달보드레하다.

쪽빛 마루 봄햇살 담은
산들거리는 바람이 귓가에 속삭이는
소미의 라온이다.

라온힐조 : 즐거운 이른 아침
돋을볕 : 해돋이 무렵 처음으로 솟아오르는 햇볕
다님길 : 사람이 다니는 길 / 겨르로이 : 한가로이
송아리 : 열매난 꽃 등이 잘게 한데 모이어 달린 덩어리
방울꽃 : 물방울을 예쁘게 이르는 말
재넘이 : 산으로부터 내리 부는 바람
시나브로 : 모르는 사이에 조금씩, 조금씩
달보드레하다 : 연하고 달콤하다
쪽빛 : 짙은 푸른 빛 / 마루 : 하늘의 우리말
소미 : 소담스럽고 아름다운 / 라온 : 즐거운

그리운 아버지

최명자

푸르름이 짙어가는 날
풀꽃 향기 실은 바람 불어와
지난 기억의 그리움 불러낸다.

하얀 모시 적삼에
잿빛 두루마기 곱게 입으시고
중절모를 즐겨 쓰신 아버지

주적주적 내리는 비 마다 않고
막내딸 좋아하는 홍시 따시다
아랫목 신세를 져야 했던

길고 긴 고통의 순간에도
따뜻한 미소로 보듬어 주시고
한없는 사랑 주시었다.

속울음이 진눈깨비로 내리는 날
내 손 잡아주시고 먼 길 가신 아버지
오랜 세월이 지나도
가슴 시린 그리움이 흐른다.

하얀 그리움

오래된 기와지붕
바람이 데려다 놓은
소담한 풀 속에
하얀 치마 두른 개망초 웃고 있다.

지나가던 바람이
외로움 달래며
머물다 간 자리
햇살이 내려와 안아준다.

임 오시는 길 바라보려
높은 곳으로 올라와
하얀 그리움에
노란 얼굴 가득 하늘빛 담는다.

꽃 진 자리

최명자

화단을 붉게 물들이며
오가는 발걸음에
환한 미소로 반겨주던 영산홍

차마 인연의 끈 놓지 못해
긴 속눈썹 같은 꽃술에
꽃잎마다 갈색 추억 매달고
이젠 고개 숙여 인사를 건넨다.

바람에 흔들리다
봄비가 두드리면
눈물방울 남기고 흔적 없이 사라진 빈자리에
햇살이 내려와 포근히 안아준다.

세월을 되감는다

최명자

검은 머리 사이로
하나둘 돋아난 희끗희끗 불청객이
사방으로 발을 뻗는다.

왠지 모를 서글픔에
거슬리는 세월의 흔적 감추려
후미진 골목 미용실 문을 연다.

발그레한 미소 머금은
원장의 손가락 장단에
푸석푸석 윤기 없는 머리는
찰랑거리는 머릿결로 살아 숨 쉰다.

오늘,
그녀는 내게
흘러가는 세월을 되감아 주었다.

시인 **최원종**

1965년 충남 청양 출생
대한문학세계 시 부문 등단
대한문인협회 경기지회 정회원
(사)창작문학예술인협의회 정회원
문학애작가협회 정회원
대한창작문예대학 제7기 졸업
문예창작지도자 자격 취득

<수상>
대한창작문예대학 졸업 작품 경연대회 은상
대한문인협회 우수 낭송시 : 담쟁이 벽화 외 다수

<공저 >
대한문인협회 경기지회 동인집 (햇살 드는 창)
문학愛 작가협회 동인지(2016년 2.3.4호)/ (2017년 1호)

한국화로 그린 삶

최원종

하루하루 분주한 일상의 시간
언제나 시간에 쫓기듯이
하루의 삶이 버겁다

항상 태양보다 먼저 일어나
시린 손 호호 불며
현관문을 나서면
반복되는 삶의 무게가 가슴을 짓누른다

산더미처럼 쌓인 일과 속에
커피와 마주하는 달콤한 찰나의 시간은
삶의 의미와 미래에 대한 꿈을 생각하며
어려움을 잊게 하는
가뭄에 단비 같은 시간이다

가슴으로 느끼는 일상의 무게보다
여유 속에 꿈을 꾸는 듯한 삶을
묵향이 그윽이 바람에 날리는
한 폭의 한국화 같은
넉넉한 삶을 살고 싶다

가슴 뜨거운 사랑

최원종

태양보다도 뜨거운 가슴으로
포근하게 안아주시던 아버지의 사랑
따뜻한 사랑의 불빛에 의지한 채
세상을 바르게 보며 밝게 살아온 나

봄꽃이 활짝 핀 오늘은
나를 닮은 사랑하는 자식들이
아버지보다 더 뜨거운 가슴으로
나를 따뜻하게 안아준다

지난날 아버지의 따뜻한 사랑
난 아직도 다 베풀지 못했는데
자식들에게서 느껴지는 아버지의 향기
고맙고 미안한 마음이 그득하다

주기만 하던 아버지의 사랑
태양보다도 뜨거운 따뜻한 마음
데칼코마니 같은 내 자식들에게
가슴 뜨겁게 그 사랑을 주고 싶다

연분홍 꽃잎의 아픔

최원종

산등성이마다 가여운 연분홍 꽃잎
혼자 피어남이 힘들어할까
가족을 만들어 주니
서로가 보듬어 주며 피어나네

바람도 쉬어 넘는 고갯마루에 핀 꽃
차가운 밤바람에 잠 못 드는 꽃잎들
안아 주기도 전에 하나둘 떨어져 가네

가여움을 감춘 꽃의 화려한 모습
힘들게 핀 꽃잎의 아픈 마음이
차가운 아침 이슬에
꽃잎 떨어진 자리마다 꽃술만 매달려 떨고 있네

눈보라 견디고 아름답게 피어난 꽃
힘든 오늘 지나면 꽃피는 봄날 올 것이라네
꽃잎마다 우리의 고달픈 삶의 애환을 닮은 너
가슴으로 안아주고 싶은 가여운 꽃이라네

오롯한 추억을 담고

최원종

부모로부터 물려받은 애지중지한 저장 공간
젖먹이 시절 서서히 두 눈을 뜨고
조리개 사이로 보이는 세상을 담기 시작했다

마음의 조리개를 여닫으며 빛을 조절하며 삶을 담았지
손때 묻은 카메라처럼 사랑으로 안아 주던 부모 마음도 모르고
제 잘난 맛으로 살아왔다

렌즈에 잡히는 삶을 거리계 링을 좌우로 조절하며
반사경에 잡히는 세상을 향해 셔터를 누르면
세상의 희로애락이 필름에 저장된다

되감기 레버를 돌려 필름을 돌려보니
그 속에 부모 닮은 내가 있다
어제 부모와의 추억이 오늘 힘이 되듯이
오늘이 내일의 아름다운 추억이 될 수 있도록
오롯하게 인생을 담고 싶다

장미의 또 다른 얼굴

최원종

오월의 싱그러운 아침
촉촉이 내리는 이슬비는
붉은 장미에 눈물로 매달려
가슴 뜨거운 사랑을 한다

아침이슬은 흐느낌의 눈물이 쌓여
꽃잎의 입술에서 파르르 떨어질 때
푸른 잎 뒤에 숨어있는 가시는
떨어지는 눈물까지 찔러가며 아픔을 주고 있다

아름다운 꽃잎에 넋을 잃어
무의식에 다가간 손가락
가시에 찔리어 흐르는 붉은 선혈은
푸른 잎에 아픔의 고통을 그려 넣는다

뜨거운 사랑으로 안아 보지 못하고
빈 가슴이 되어 돌아서는 허전한 모습
장미의 또 다른 얼굴에
내 마음은 생채기만 남는다

아버지 사랑합니다

최원종

당신의 꽃 같은 자식들은
세상에 때 묻지 않은 순수함으로
당신이 열심히 살아오던 그 길을
노력하며 따라가려고 합니다

자식들의 바람막이가 돼 주시던 당신
얼굴에 주름만 깊게 그려진 모습으로
장성한 자식들을 바라보며
얼굴에 환한 미소를 짓습니다

가슴으로 품어 키운 자식들
부족한 사랑 더 채워 주기 위해
필요한 것 더 없냐고 되물으시며
끝없는 사랑의 정을 쏟아 주십니다

천륜으로 맺어진 당신과의 인연
이제는 제가 당신께 사랑을 드립니다
아버지가 가슴으로 빚어주신 사랑에
눈물이 맺혀옵니다

거울 속에 나

최원종

꿈과 욕망을 불태우던 청춘
가슴에 가득 담았던 희망
수려한 외모 모두 어디로 가고
초라해진 모습에 동공이 흔들리며
바라보고 있다

반짝이는 거울에 비친 내 모습
검었던 더벅머리 대신
남실바람에도 날리는 머릿결에
점점 작아지는 느낌이 든다

한올 한올 그어지는 주름 꽃은
무관심 속에 살아온
내 모습의 아픔을 말해주고 있다

삶의 무게가 실린 거울에 비친 내 모습
봄날의 화사한 꽃을 그리듯이
마음속에 꽃 그림을 그리며
아픔의 굴레에서 벗어 나는 그림을 그리고 싶다

무한궤도

최원종

끝도 없이 펼쳐진 외길
시침과 분침은 거리를 좁혔다 넓혔다
반복하며 무한궤도를 달린다

우주의 영혼을 달래듯이
시계 소리는 고요의 파도를 타고
울림이 있는 작은 공간에
파노라마처럼 꿈을 펼친다

오색의 별빛이 창가로 내려와
끝없이 달리는 열차에 몸을 실으면
0시발 희망을 담은 열차는 기적을
울리며 무한궤도를 달린다

고향의 흔적

최원종

친구들과 책가방 팽개치고
술래잡기하던 놀이터는 자취를 감추고
지난날의 흔적을 간직한 사진 한 장만
자리를 지키고 있다

물속에 잠긴 우리들의 놀이터
은빛 물결 따라
유년 시절의 추억이 물결 위에 그려진다

추억이 담겨있는 저수지에
낚싯대를 드리우면
뛰어놀던 함성이
바늘에 낚여 올라와 귓전에 메아리친다

빛바랜 사진 속에 담긴 고향
흐르는 세월에 모습은 변해가도
가슴으로 느끼는 고향의 포근함은
변함이 없다

야생화

최원종

날리는 빗방울에
꿈에서 깨어나
수줍은 듯 살며시 대지의
문을 열고 고개를 내민다

주머니 속에 갇혔던
답답한 마음 털어 버리고
따스한 햇볕의 품 안에서
꿈을 키우며 자라고 있다

비, 바람의 매질을 견디며
우거진 수풀 속에 갇혀
가쁜 숨 몰아쉬며
힘들게 꽃을 피우는
야생화의 모습

아침 이슬의 젖줄에 의지한 채
힘들게 살아온 모습이라
정성으로 가꾼 꽃잎보다
가녀린 꽃잎의 향기는 달콤하다

풀벌레의 노랫소리에
힘든 삶의 여정도 잊은 채
환한 웃음꽃에 담긴 향기를
들판에 쏟아 놓는다

시인 **최윤희**

서울시 동작구 사당동 출생
서울 동작구 사당동 거주
1기 에듀프로공인 중개사학원 총회장
현) 부동산 경영학회 회원
한국 부동산경제포럼이사
숭실사이버대학부동산연구소 연구원
현) 가람공인중개사사무소 대표
대한문학세계 시 부문 등단
(사)창작문학예술인협의회 정회원
대한문인협회 서울인천지회 정회원

2016년 숭사인 학술 공모 시부분 입상
2017년 현대시를 대표하는 명인명시 특선시인선 선정
2017년 특별 초대시인 작품 시화전 선정
2017년 대한문인협회 제7기 문예대학 졸업
문예창작지도자 자격 취득
제7기 대한창작문예대학 졸업 작품 경연대회 장려상

슬픔의 바다

최윤희

슬픔이 차오르는 바다를 보니
하얀색 물거품이 들끓는다

고통이 회오리치는 파도 한가운데서 벗어나고 싶다
그러나 몸부림칠수록 더욱더 끌려들어 가는 듯하다

세월이 흐르면 나아지겠지
하지만 고통은 더 극한으로 치닫고
이제 상처의 아픔조차 무뎌진다

가슴에 회한이 소용돌이치듯이 파도가 몰아친다
고통의 비명까지도 저 어두운 바닷속으로 삼키고
깊이를 알 수 없는 저 어두운 심해는
침묵한 채 조용히 잠자고 있다

이젠 어두운 바닷속에 침잠하고 싶다

삶의 불빛

최윤희

사랑은 항상 무지개일 거라고
사랑은 늘 환한 빛과 같은 거라고 생각했어요

하지만
한순간에 그 빛은 자취도 없이 사라지고
어두만이 내려와 있네요

어둠 속 저 끝에 가냘프게 흔들리는 불빛이
아픈 마음처럼 점점 타들어 가며
진액 같은 하얀 눈물을 쏟아내면서 버티고 있네요

견뎌보겠다고
살아보겠다고
자신을 태우면서 희망의 빛으로 다가오네요

기다리는 마음

산등성이 하얀 눈물 흘러내리면
그 속에서 힘겹게 작은 순 하나 고개 내밉니다

따사로운 빛과 부드러운 선율 몸으로 감싸 안으며
작고 여린 순은 점차 연분홍 꽃으로 변하여갑니다

한 아름 피어 보고픈
당신을 향한 사랑의 마음으로
당신 품에 안겨
환하게 웃어드리고 싶습니다

이 봄날
따사로운 당신의 손길을 기다리고 있겠습니다

동반자

최윤희

우리는 같은 곳을 바라보며
서로 눈빛으로 마음을 나누고
누가 먼저 손을 내밀었는지 알 수 없지만
어느 순간 말없이 손을 맞잡고 걷고 있습니다

한 걸음 한 걸음
앞을 향해 발맞춰 걸으며
몰랐던 것들을 서로 알아가고
서로가 눈빛으로 마음을 주고받습니다

때로는 서글픈 아우성도
별빛보다 아름다운 미소로 이기며
살포시 맞잡은 손 놓지 않고
꿈꾸는 세계를 향해 함께 걷습니다

해와 달이 낮과 밤을 만들고
꽃이 피고 지는 계절이 반복하듯이
저 높은 창공의 푸른 꿈을 향해
오늘도 우리는 같은 곳을 바라보며 길을 나섭니다

꼭두각시

최윤희

작은 유리 알 속에는 소리가 나지 않는 또 다른 세상이 있네
무엇이든 원하는 만큼만 보고
보고 싶은 것만 볼 수 있는 세상이네

바깥세상에서는 마음껏 외치지만
그 안에서는 입모양만 볼 수 있을 뿐이네

그 안은 얼마나 답답할까
가슴속 할 말이 있어도 할 수도 없고
누군가 조종하는 대로만 하고 있으니
마치 꼭두각시 같네

그래도 널 지켜보는 누군가가 있는 세상은 늘 너에게 고마워할 거야
네가 남긴 순간의 추억을 누군가는 늘 소중히 간직할 거야

붉은 장미

최윤희

아름답고 향기로운 꽃
정열의 붉은 장미를 아시나요

포개진 꽃잎 속에 꽃술 수줍게 감췄지만
본능처럼 나를 지키기 위해 가시가 돋았지요

아름다운 내 모습을 가만히 두고 감상하면 좋으련만
소유욕(所有慾)으로 내게 남긴 생채기로 울기도 하고요

바람이 불면 새파랗게 질린 초록 이파리 파르르 떨며
가늘고 연약한 삶의 줄기 흔들리며 사는 꽃이지요

희로애락 맛보며 구름처럼 흘러가는 인생에서
서로 더 가지려는 세상에 사랑이라는 향기 남기고 떠나요

아쉬움 뒤로하며 내년엔 더 아름다운 세상 만들겠다고
기약하며 떠나는 나는 행복한 오월의 여왕이지요

가면 속의 너

최윤희

가면을 쓴 것처럼
넌 항상 친절한 미소를 띠는구나

네 내면의 아우성을 꽁꽁 숨긴 채
늘 그렇게 살아가고 있구나

가면 뒤에는 여리디여린 너를 지키기 위해
미소로 온통 친친 휘감고 있구나

지켜가는 일상 속에서도 웃을 수밖에 없는 가면의 너
주름져가는 세월 속에서도 늘 그대로인 가면 속의 너

가면의 너는 미소를 잃지 않겠지만
가면 속의 네 마음은 점점 문을 닫아만 가는구나

따뜻한 손길

최윤희

항상 기억 속에 따듯한 손의 감촉이 있었습니다

어릴 때는 안아주시고
커가면서는 머리를 쓰다듬어주시는 따듯한 손길이었습니다
결혼을 할 때는 옆에서 손을 꼭 잡고 같이 들어가 주시며 '잘살
아야 해'
라는 작은 귀속말을 해주시던 그런 따듯한 음성도 있었습니다
아이를 낳았을 때는 그 따듯한 손에서 놓지 않고 늘 아이를 안
고 계셨습니다

지금은 세월의 무게만큼 손등에도 세월의 나이가 나타나고
그 손은 제가 어루만져 주는 손으로 바뀌었지만
제 기억 속의 손길은 한결같은 사랑으로 절 안아주셨던 것으로
기억하겠습니다

오늘 밤엔 꿈속에서라도 제가 두 손으로 꼭 잡아드리며
'키워 주셔서 감사했습니다'라고 말씀드리고 싶습니다

추시계

최윤희

한쪽 다리로 끊임없이 움직이며
쉬지도 못하는 너에게 난 늘 미안하다

두 팔도 서로 교차하며 늘 나에게 무엇을 해야 하는지 알려주는
너에게 난 참 고맙다

그렇게 성실하고 쉬지 않고 움직이는 너는
위에서 우리를 내려다볼 때 어떤 생각을 하는지 궁금하다
너의 몸 안에는 지구에 달이 공전하듯이 서로 맞물려 돌면서 두
팔을 끊임없이 움직이는
너의 성실함에 난 머리가 숙여진다

나도 너와같이 늘 규칙적이고 쉬지 않고 움직이고 싶지만
너에게는 이길 자신이 없다

아마 내가 항상 너를 올려다보는 이유는 너의 위대함을 알아서
일 것 같다

지워지지 않는 자국

최윤희

회오리치듯 큰바람이 불고 나면
어느새 고요가 밀려오고
바람에 밀려온 많은 이야기들이 고스란히 쌓여있습니다

떠밀려온 이야기를 흘려보내려고 비라도 내리면
빗방울이 말라붙어 자국으로 남아있습니다

떠나보냈다고 생각하여도 여전히 남아있는 상흔들
많이 아프고 나면 지워질 줄 알았는데
그래도 흔적은 여전히 남아있습니다

시인 한기봉

강원 강릉 출생(현, 울산 거주)
대한문학세계 시 부문 등단
(사)창작문학예술인협의회 정회원
대한문인협회 울산지회 정회원
대한창작문예대학 제7기 졸업
문예창작지도자 자격 취득
대한창작문예대학 졸업 작품 경연대회 은상

대한문인협회 2017.4월2주 (낯선 길) 금주의 시 선정
(현)티에스오토모티브(주) 근무

내가 찾는 바다

한기봉

뜨거운 사랑이 시작되는 바다
차가운 이별의 아픔이 있는 바다

허허로운 백사장
파도에 쓸려온 바다의 언어
파리하게 말라 나뒹굴고
비릿한 짠 냄새 코끝을 자극한다.

한 줌 바람의 끈적임
파도 소리는 그녀의 목소리인가
은빛 모래 남겨진 발자국
함께 했던 시간, 추억의 흔적
기억 속 흐릿하게 잊혀가고
불어오는 해풍 남겨진 흔적을 지운다.

차가운 해풍 옷섶을 헤집고
모래톱 함께 부른 사랑의 노래는
겨울 바다의 아픈 흔적이 되었고
갯바위 끼룩대는 갈매기 소리
겨울 바다는 쓸쓸하고 섧기만 하다.

동행의 하루

한기봉

둥근 원형의 틀
굵고 가는 세 개의 다리
한 칸씩 넘어갈 때
뻐꾸기는 한 번씩 더 울어댄다.
아침에 눈을 뜨면
가장 먼저 너를 보며
하루를 그려본다.

초침의 소리
아침 햇살 황홀한 새벽
하루를 달려간다.
하루에도 수없이 너를 보며
야심차게 뛰었고
기쁜 순간 엇갈린 운명도 있었다.

무음의 시침
고된 삶의 하루
어둠이 설 풋 하게 내려올 때
운명처럼 길들어진 하루를 보내고
아침의 자리로 돌아온다.

지나온 오늘의 흔적
태엽을 감아서 하루를 돌아보고
때로는 내가 시계가 되어
너를 움직이는 꿈을 꾸어 본다.

아버지와 숭어

한기봉

그해도 겨울이었다.

아버지는 가을 추수를 끝내면
늘 혼자 바다낚시를 다니셨다
어쩌다 자식들과 함께 가면
기분이 좋아 저만큼 앞서 걸어가셨다.

숭어 낚시를 즐겨 하셨는데
어떤 날은 참 많이도 잡아 오셨다
한 잔 술에 회도 떠서 드시고
포로 떠서 소금에 절여 두었다가
손주 자식들 오면 구워 주시곤 하셨다.

뭐 하나 부족함 없이 사는 세상
아버지의 깊은 마음을 어찌 헤아릴까
검게 그을려 주름진 얼굴
굳은살의 거친 손 굵은 손마디
한 모금 담배 연기
알 수 없는 미소만 지으셨다.

그해 겨울 함께했던 시간
말 없는 따스한 미소
아름다운 추억을 남겨두고
아버지는 음력설을 이틀 앞두고
이 세상 소풍 끝내는 먼 여행을 떠나셨다.

오늘은 아버지의 기일
아버지와 숭어를 만나러 바다를 찾습니다.

옛살비의 추억

한기봉

보리밥 숭늉의 밥도 고마운 시절이었다.

이랑 진 다락 밭에는 누렁이 숨소리
워낭 소리는 산골 마을의 일상 풍경이었다.

길섶의 살살이꽃
흰여울가 찔레꽃, 초롱꽃
온새미로 피어 있었다.

내 길을 돌아 내 꽃이 피어있는
도래샘 개울에서
버들치, 가재도 잡고
벗 들은 가온들 찬 빛 들에 모여 놀다
해거름이 지자 집으로 가곤 했다.

갈기슭 늘솔길 따라 걸어가면
사립문 나래온 처진 너와집
다솜 하는 가족은 옹기종기 모여 앉아
애오라지 마음만은 풍요로웠고
미리내 마루 아래 풀벌레 울음소리에 잠이 들곤 했다.

샛바람 불어오고 동살이 비추면
노고지리 지저귀는
옛살비의 풍경은 너무도 평화로웠다.

화려함 뒤의 비루함

한기봉

꽃은 불멸의 생존을 꿈꿀까?

사람도 꽃도 세월의 흐름 앞에
퇴색되고 그늘지는 모습
서로 닮은 이면의 모습을 본다.

화려한 모습
낙화의 아픔
너의 황홀한 모습 차마 바라볼 수 없었고
주름지는 모습 마음 아파 외면할 수 없었다.

축복의 순간
가장 화려한 자리에서 빛났었고
슬픔의 순간
가장 슬픈 자리에서 침묵했던
가련한 꽃의 모순이여

사람들은 지는 너의 모습에
싸늘하게 등을 보이지만
다시 피워 내는 찬란함을 기다리며
양면의 모습을 숨기고 산다.

나를 찾아서

한기봉

폭풍처럼 지나간 세월
살얼음을 걸었다.

냉철함을 잃지 않고 살지만
가슴 한쪽 풀지 못한 매듭이
타래처럼 엉켜 있어도
비켜 갈 수 없는 시간 앞에
웃음으로 마주해야 했다.

냉엄한 현실 앞에
나 자신을 채찍도 해 보지만
인생의 쓴맛과 단맛도
한 페이지의 일기장에 채워 넣어야 했다.

검던 머리는 희어져 휑한 머리카락
표정 없는 얼굴
주름진 삶의 굴곡도
초라하고 자신 없는 모습이 되어
내 안에 나를 가두고 있다.

거부할 수 없는 세월의 여정 앞에
어제의 모습과 오늘의 모습이
어색하게 마주하지만
어디에도 당당한 나의 모습은 찾을 수 없다.

배움의 여정

한기봉

백지의 지면이었다.
비워진 머리 무엇으로 채우나?

세월은 나를 느리게 하지만
배움의 꿈은 멈출 수 없다.

오늘의 깨달음은 내일의 성취감
마주 보는 얼굴 열정의 미소

한 획을 알고 한 뜻을 깨우치며
배움의 길 함께 가는 여정
꿈꾸는 시어의 유희
흥분되는 동행이다.

한 획을 그어 한 행을 채우고
함께한 시간 한 연의 문장을 만들었다.

백지의 지면이 까맣게 활자로 채워질 때
내일의 꿈은 지면에서 꽃으로 피어나고
황홀한 새벽 새로운 언어와 동행을 한다.

렌즈로 보는 세상

한기봉

내유외강의 소유자
각지고 까만 게 내 얼굴 닮은 너
그 속에 무지갯빛 생명을 담은 너

세상을 모두 담아내는 너는
외로운 자에게 즐거움과 기쁨을 주며
꿈과 희망을 예쁘게 담아냈다.

오대양 육대주를 돌고 돌아
렌즈에 두루 담아내는 너
네 앞에서는 악함도 내면의 순수함을 보여주고
선한 사람은 더 맑은 모습을 간직하게 하는 너

사람들은 네 앞에 서면
카멜레온과 같은 표정으로 애정 표현을 한다.
꽃과 나무들의 마음까지 흔드는 너
나는 내일도 너와의 무지갯빛 사랑을 꿈꾼다.

슬픈 연민

한기봉

고향 산천에 봄이 오면
진달래꽃이 참 많이도 피었다.
산능선은 한 폭의 풍경화가 걸린다.

진달래꽃 한 움큼 입에 넣고 씹으면
입술은 금세 보랏빛으로 물든다.
하굣길 재잘대는 아이들은 책 보따리 던져놓고
진달래꽃 따 먹느라 해지는 줄 모른다.

벼랑 끝 바위틈
올곧게 뿌리내린 삶이 고루해 보여도
꽃 한 송이 곱게 피워냈다.

홀로 핀 벼랑 끝에 어둠이 내리면
달그림자 강을 건너 꽃잎에 머리를 얹고
달그림자 멀어지는 아침이 오면
움츠렸던 꽃잎이 활짝 꽃술을 열고
벌, 나비 꽃술에 둥지를 튼다.

슬프디슬픈 사연 꽃술에 품고
눈물 '뚝뚝' 떨구는
진달래꽃의 슬픈 전설이여
아지랑이 피어나는 따스한 봄날이 오면
동심의 해맑은 혜안으로
꼭! 한번 너와 마주하고 싶구나.

무명 시인의 꿈

한기봉

도시에 어둠이 내리자
가로등 불빛 어둠을 깨운다.
사면의 벽 틀 안의 단절
부활의 숨소리 하얀 입김을 분다.
흰 나방으로 날아오른다.

아직은 여린 날개
높이 날지 못해 좁은 방 빙빙 날갯짓한다.
가는 실눈은 어설픈 시어를 찾고
영시가 넘으면 나비는 하루를 접고
안식의 바닥에 날개를 접는다.

동트는 새벽이 밝으면
하루의 생계를 위해 열심히 날지만
내일은 야생의 들판에서 힘찬 날갯짓으로
넓은 세상을 향해 꿈을 펴는 유영을 준비한다.

나비의 꿈은
영시에서 한시 사이
하얀 날개 까만 줄이 진하게 그어지고
찬란한 아침 높은 비상을 꿈꾼다.

비포장길

(사)창작문학예술인협의회 주관
대한창작문예대학 졸업 작품집

초판 1쇄 : 2017년 6월 17일

지 은 이 :

　　김기월 김선목 김성수 김소미 김정희 류동열

　　박미향 박희홍 석옥자 신영희 이서연

　　이은석 장화순 전선희 정연희 조미경

　　조정덕 최명자 최원종 최윤희 한기봉

엮 은 이 : 김락호

디자인 편집 : 이은희

기 획 : 시음사

인 쇄 : 청룡

연 락 처 : 1899-1341

홈페이지 주소 : www.poemmusic.net

E-Mail : poemarts@hanmail.net

정가 : 15,000원

ISBN : 979-11-86373-74-3